Austin Ripley

Wer ist der beste Detektiv?

Austin Ripley

Wer ist der beste Detektiv?

60 Krimirätsel

DUMONT

Aus dem Englischen von Michael Koulen

Die Originalausgabe erschien 1934 unter dem Titel
»How good a detective are you?« bei Harper & Row, New York.

Erste Auflage 2004

Gedruckt auf säurefreiem und chlorfrei gebleichtem Papier
Druck und Verarbeitung: B.o.s.s Druck und Medien GmbH, Kleve
Printed in Germany
ISBN 3-8321-7470-2

Inhalt

1

Der verräterische Leichnam

Der Fluch des Mörders,
Das stille Starren der Toten,
Furcht und kalter Todesschweiß –
Das alles ist dabei!

– Dana

Der verräterische Leichnam

Draußen heulte der Wind. Das Fenster des hohen Raumes stand offen, und der leblose Körper, der einen halben Meter über dem Boden im Türrahmen hing, schaukelte sachte im Luftzug. Die Absätze seiner Schuhe schlugen in trägem Rhythmus gegen die Türfüllung.

Reglos stand der Professor da und ließ seinen Blick durch den Raum schweifen. Vor der hinteren Wand stand ein seltsam geformtes, schmiedeeisernes Räuchergefäß. Er ging hinüber und klappte den Rost hoch. Auf dem Boden der Schale lag das Aschehäufchen eines Weihrauchkegels. Das erklärte also den schwachen Duft, den er bemerkt hatte. Was für ein seltsames Möbelstück! Jeder der drei Füße des Gestells war mit einem Schlangenkopf verziert. Das Ganze war offensichtlich ein handgefertigtes Stück. Aber wieso, fragte sich Fordney, zündete ein Mann Weihrauch an und hängte sich dann auf?

Er kehrte zur Leiche zurück und musterte das verquollene, fleckige Gesicht, als ob ihm dessen violette Lippen die Antwort verraten konnten. Mit einem leisen Überraschungsruf hob er den umgestürzten Schemel auf, der unter den Füßen des Toten lag, und ging hinüber, um ihn mit dem Weihrauchbecken zu vergleichen. Kein Zweifel, beide waren von gleicher Hand gefertigt. Der Schemel war halb so hoch wie das etwa einen halben Meter hohe

Räuchergefäß, und auch seine drei Füße waren mit Schlangenköpfen verziert.

Der Professor drehte den Toten und studierte den Knoten der eng geknüpften Henkersschlinge. Er lag dicht hinter dem rechten Ohr des Mannes.

Da fragte sich Fordney, wer von den vier anderen Gästen *nicht* überrascht sein würde, zu erfahren, daß der Mann *ermordet* wurde!

Woher wußte er, daß der Mann ermordet wurde?

Der verräterische Leichnam – Die Lösung:

(Zur Lektüre der Lösung bitte einen Spiegel unterhalb dieser Zeilen auf die Seite setzen und leicht nach vorne neigen.)

Der Mann hing einen halben Meter über dem Boden. Der Schemel war nur halb so hoch wie das Räucherbecken, also etwa 25 Zentimeter. Die Schlinge war fest zugezogen. Also konnte er sich nicht selbst erhängt haben.

2

Ein Schrei in der Nacht

Um durch Beobachtung zu lernen, muß man das Wissen schon mitbringen.

– Bayard Taylor

Ein Schrei in der Nacht

Sehen Sie«, rief Professor Fordney. Gemeinsam mit Inspektor Kelley starrte er auf die beiden flachen Abdrücke in der weichen Gartenerde. »Genau hier hat die Leiter gestanden. Wir können von Glück sagen, daß die Spuren nicht zerstört wurden bei all den Leuten, die hier rumlaufen! Leider war Ihr Wachtmeister so unvorsichtig und hat die Leiter vom Fenster weggenommen. Vielleicht hätte sie uns noch einen Fingerzeig gegeben.«

Das zwei Jahre alte Töchterchen des Barons Gustav von Elder war entführt worden. Nachdem das Kindermädchen seinen Schützling zu Bett gebracht hatte, war sie in ihr angrenzendes Zimmer gegangen. Gegen vier Uhr war sie aus dem Schlaf geschreckt, weil sie meinte, einen unterdrückten Schrei gehört zu haben. Sie war ins Kinderzimmer gerannt und hatte gerade noch gesehen, wie ein Mann die Leiter hinabhastete und in der Dunkelheit des Parks verschwand. Ihr Alarmgeschrei hatte das Haus geweckt.

Die Mütze, der Mantel und das Lieblingsspielzeug des Kindes, ein kleiner Plüschhund, waren nicht mehr da. Ein einsamer Kinderhandschuh lag auf dem Boden vor dem Fenster.

Würde jemand, der in großer Eile war, sich um diese Dinge kümmern? Oder hätte er das Kind nicht einfach in eine Decke gewickelt?

Nachdem sie den Fall eine Weile besprochen hatten, stimmte der Inspektor dem Professor schließlich zu, daß der Täter im Innern des Hauses zu suchen war, und daß die Leiter nur eine absichtlich gelegte falsche Spur war.

Als Fordney das Kindermädchen noch einmal eindringlich befragte, brach sie in Tränen aus. Während sie schniefend ihr Taschentuch hervorzog, fiel plötzlich der zweite Kinderhandschuh zu Boden! Wortlos hob ihn der Professor auf. Vorerst wollte er noch nicht zu erkennen geben, daß er davon überzeugt war, daß das Kindermädchen in die Entführung verwickelt war.

Welches Indiz sprach für die Annahme des Professors?

Ein Schrei in der Nacht – Die Lösung:

(Zur Lektüre der Lösung bitte einen Spiegel unterhalb dieser Zeilen auf die Seite setzen und leicht nach vorne neigen.)

Die beiden flachen Abdrücke der Leiter! Wäre ein Mann über die Leiter herabgestiegen, dann hätte sie in der weichen Erde keine flachen, sondern tiefe Eindrücke hinterlassen.

3

Überfall!

Du bist eine Frau, und damit ist sowohl das Beste als auch das weniger Beste über dich gesagt.

– Bailey

Überfall!

Es war schrecklich … Das schlimmste Erlebnis, das ich je hatte«, klagte Mrs. J. Ellison Clark. »Ich bin mit meinen Nerven völlig am Ende.«

Verständnisvoll nickte Professor Fordney mit dem Kopf. »Natürlich muß das für Sie ein Schock gewesen sein. Kein Wunder, ein Überfall ist immer eine scheußliche Sache, insbesondere für eine Frau. Ich werde die Befragung so kurz wie möglich halten, wenn Sie einverstanden sind.«

Mit einem Lächeln nahm er ihr zustimmendes Nicken zur Kenntnis, doch entging ihm dabei nicht, daß die Nägel beider Zeigefinger ihrer ansonsten sorgfältig gepflegten Hände abgebrochen waren. Eilig zog sie ein Taschentuch hervor und versuchte, sie darin zu verstecken.

»Nun, was möchten Sie wissen?« fragte sie.

»Laut Ihren Angaben haben Sie gestern Nachmittag etwa gegen 15 Uhr vor dem Geschäft Ihrer Schneiderin auf Ihren Chauffeur gewartet, als ein Mann neben Sie trat, Sie nach der Uhrzeit fragte und dann Ihr gesamtes Bargeld sowie Ihren Schmuck verlangte. Ist das richtig?«

»Ja. Genau so ist es passiert.«

»Haben Sie um Hilfe gerufen?«

»Nein, ich war ja so erschrocken.«

»Haben Sie die Wertsachen übergeben, oder hat sie Ihnen der Räuber weggerissen?«

»Nun, ich habe sie ihm gegeben. Ich war ja so ...«

»Ist diese Aufstellung vollständig?« erkundigte sich Fordney und zog ein Blatt Papier aus der Jackentasche: »Zwei Armreife mit Diamanten, ein Smaragdanhänger, ein Diamantdiadem, zwei Smaragdohrringe, 180 Pfund in bar sowie drei Diamantringe.«

»Sie stimmt haargenau.«

»Trugen Sie einen Mantel?«

»Nein, es war recht warm.«

»Was ist mit Ihrer Armbanduhr?« fragte der Professor. Er beugte sich vor und machte ein ernstes Gesicht.

»Wieso, ich hatte ... gar keine ...«

»Tut mir leid, Mrs. Clark, daß ich Ihnen nicht glauben kann«, unterbrach sie der Professor. »Aber dieser angebliche Überfall hat niemals stattgefunden.«

Wie konnte er das wissen?

Überfall! – Die Lösung:

(Zur Lektüre der Lösung bitte einen Spiegel unterhalb dieser Zeilen auf die Seite setzen und leicht nach vorne neigen.)

Daß der »Überfall« nur vorgetäuscht war, erkannte Fordney an der Behauptung von Mrs. Clark, sie habe ein Diamantdiadem getragen. Keine Frau trägt nachmittags um drei Uhr ein Schmuckstück, das nur zur festlichsten Abendgarderobe gehört. Die ganze Affaire entpuppte sich als ein versuchter Versicherungsbetrug.

4

Der lange Arm des Todes

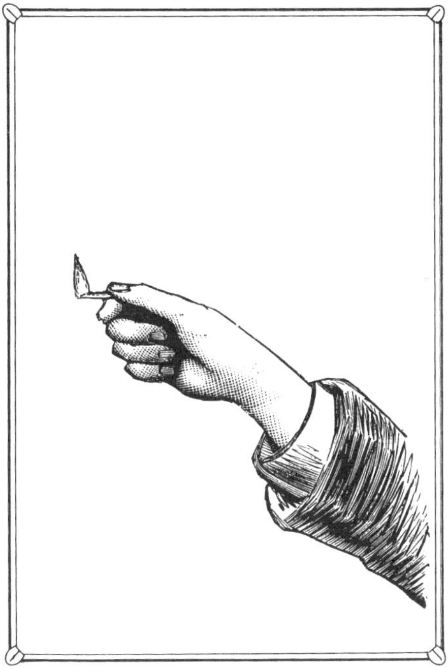

Obwohl er keine Zunge hat,
spricht jeder Mord auf seine Weise.

– Shakespeare

Der lange Arm des Todes

Das Gewehr, das Hiram Bloomfields gequältem Leben ein Ende bereitet hatte, lag noch auf seinem Schoß. Zehn Jahre war er an den Rollstuhl gefesselt gewesen. Seine drei Söhne hatten sich um das Landgut gekümmert und den Vater versorgt, seit jener schreckliche Unfall seine Beine zerschmettert hatte. Alle drei gaben an, zum Zeitpunkt seines Todes nicht im Haus gewesen zu sein.

Nick, der Jüngste, berichtete Professor Fordney, daß er gerade aus seinem alten Ford, den er im Hof abgestellt hatte, gestiegen war, als er den Schuß hörte. Er sei in die Küche gerannt und habe seinen Vater neben dem Tisch sitzend gefunden. Der Schuß hatte seine rechte Gesichtshälfte weggefegt. Man versicherte Fordney, daß man den Raum völlig unberührt gelassen hatte.

»Unser Vater hatte Angst, daß er uns zur Last fiel«, erinnerte sich Nick. »Vor ein paar Wochen sagte er uns, daß er sich umbringen wollte. Wir haben ihm zuerst nicht geglaubt und ihn gefragt, wie er das denn überhaupt anstellen wollte. Da hat er gesagt, er wollte sein Gewehr nehmen und es beim Schuß gegen die Tischkante stemmen.«

Fordney sah, daß der Tote ziemlich lange Arme hatte, so daß diese Möglichkeit durchaus bestand. Deshalb hatte Bill, der älteste Sohn, damals das Gewehr in einem

Schrank hinter der Küche versteckt und die Patronen unter die Handtücher in eine Schublade gelegt.

Der Professor betrachtete die Körperhaltung des Toten. »Hmmm«, brummte er. »Seltsam«.

Er untersuchte seine Taschen und entdeckte neben anderem Kram ein Heftchen mit Streichhölzern. Alle Streichhölzer der vorderen Reihe waren verbraucht, von der hinteren fehlten nur zwei!

»Na, das genügt«, grummelte er. »Dieser alte, hilflose Mann wurde kaltblütig *ermordet!*«

Woran erkannte Professor Fordney, daß der Mann im Rollstuhl ermordet wurde?

Der lange Arm des Todes – Die Lösung:

(Zur Lektüre der Lösung bitte einen Spiegel unterhalb dieser Zeilen auf die Seite setzen und leicht nach vorne neigen.)

Der Umstand, daß das Gewehr, mit dem er getötet wurde, noch auf seinen Knien lag, war der entscheidende Beweis für den Mord. Nach einem so gewaltigen Schuß hätte der Mann unmöglich das Gewehr in seinen Schoß legen können.

5

Tod im Schlafzimmer

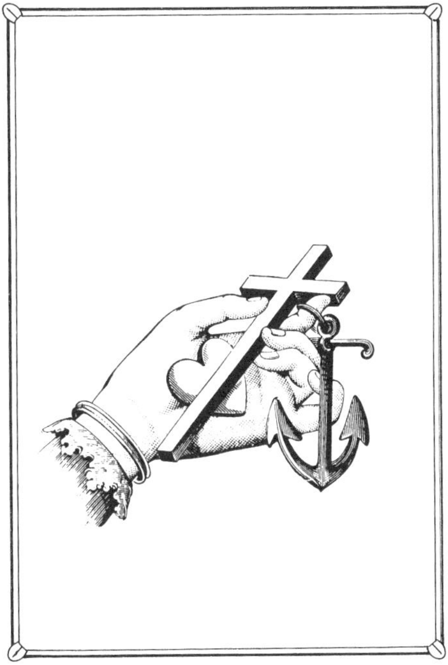

Verschließ die Tür, mein Freund! sagt' ich erschöpft.
Nimm ab den Klopfer! Sag, ich sei krank, sei tot.

– Pope

Tod im Schlafzimmer

Als Professor Fordney und Sergeant Reynolds den Raum betraten, schien ihnen die helle Mittagssonne durch das gegenüberliegende Fenster – es war das einzige in diesem Zimmer – direkt ins Gesicht. Auf der rechten Seite des Raums gab es noch eine Tür. Sie war sperrangelweit in Richtung des Fensters geöffnet. Hinter der Türöffnung sah man das Schlafzimmer.

»Vielleicht war der Anruf nur ein schlechter Scherz«, sagte Fordney. Leicht erstaunt sah er zu, wie Reynolds mit dem Fuß einen umgekippten Stuhl beiseitestieß, der den Eingang zum Schlafzimmer blockierte.

Fordney folgte ihm. Mantel und Hut eines Mannes lagen über einem spartanischen Feldbett. Einige Bücher mit religiösem Inhalt stapelten sich auf dem Tisch. Eines war geöffnet, und man sah, daß eine Stelle in den ersten Versen des Lukasevangeliums unterstrichen war.

»Ich möchte mal wissen, wer der Kerl war, der bei uns angerufen und behauptet hat, Gaspanni hätte sich aufgehängt«, maulte der Kriminalbeamte. »Sie haben ihn nie kennengelernt, Professor, nicht wahr? Ein Religionsfanatiker, wie er im Buche steht!«

Als sie in den Vorraum zurückkehrten, erklärte Reynolds: »Ich glaube, ich sollte diese Tür abschließen, bis wir wissen, was hinter der ganzen Geschichte steckt.«

Energisch packte er die Schlafzimmertür und warf sie ins Schloß. »Mein Gott! Sehen Sie nur!« entfuhr es ihm. Auf der Vorderseite der Tür hing der magere Körper des exzentrischen Alten. Ein kräftiges Seil war um seinen Hals geschlungen, und seine über zwei Kleiderhaken ausgebreiteten Arme ließen einen unwillkürlich an die Kreuzigungsszene denken.

»Sogar seinen Selbstmord mußte er religiös inszenieren!« rief Reynolds mißbilligend.

»Für mich sieht es durchaus *nicht* wie Selbstmord aus«, erwiderte ihm der Professor, während er die unterstrichenen Zeilen in dem Buch studierte, das er aus dem Schlafzimmer mitgenommen hatte. »*Falls* es ein Selbstmord war, muß noch jemand anders vor wenigen Minuten hier gewesen sein. Fühlen Sie nur, Reynolds, der Körper ist noch warm.«

Wieso glaubte der Professor, daß Gaspanni ermordet wurde?

Tod im Schlafzimmer – Die Lösung:

(Zur Lektüre der Lösung bitte einen Spiegel unterhalb dieser Zeilen auf die Seite setzen und leicht nach vorne neigen.)

Der Tote hing auf der Vorderseite der Tür, die zum Fenster hin geöffnet war. Dadurch konnten ihn Fordney und Reynolds beim Hereinkommen nicht sehen.

Der umgeworfene Stuhl, der den Schlafzimmereingang blockierte, sagte Fordney, daß sich Gaspanni aller Wahrscheinlichkeit nach nicht selbst erhängt hatte. In dieser Lage befand sich der Stuhl auf der entgegengesetzten, also falschen Seite der Tür.

Er schränkte seine Bemerkung jedoch dahingehend ein, daß im Falle eines Selbstmordes vor ihnen schon jemand anders im Zimmer gewesen sein mußte, der die Lage des Stuhls verändert hatte.

6

Silvesterparty bei »Bomber«-Tim

2 + 2 = 4

– Adam Riese

Silvesterparty bei »Bomber«-Tim

Jetzt hört mal zu, Jungs«, versuchte sich der ehemalige König der Unterwelt im allgemeinen Stimmengewirr Gehör zu verschaffen. »Irgendwann erwischt es jeden mal! Ihr wißt ja, daß ich schon seit Jahren nicht mehr aktiv bin, aber ihr wißt nicht, warum ich aufgehört habe. Professor Fordney, der Gentleman hier neben mir, hätte mir vor Jahren echte Schwierigkeiten machen können. Aber ich habe ihm damals mein Wort gegeben, mit den krummen Touren aufzuhören, und daran habe ich mich auch gehalten. Und jetzt, Jungs, bitte ich euch um Aufmerksamkeit für den scharfsinnigsten Mann der Welt. Applaus für Professor Joseph H. Fordney!«

Es war Silvester, und »Bomber«-Tim O'Brien hatte den berühmten Kriminologen zu einer kleinen Feier in seinen Club eingeladen. Der Professor hatte eingewilligt, auf einen Drink vorbeizuschauen, bevor er auf das exklusive Fest der Van Cleves ging.

Fordney kannte die meisten der »Jungs«, die sich in O'Briens privaten Räumlichkeiten versammelt hatten. »Heute feiern wir Silvester, und dies ist allgemein eine Gelegenheit, eine neue Seite im Buch des Lebens aufzuschlagen«, begann er. »Doch keine Angst, ich habe nicht vor, euch mit einem Vortrag zu langweilen. Alles, was ich sagen möchte, ist: Tim hat Recht, und ihr wißt das auch. Früher oder später ist jeder von euch an der Reihe!

Da fällt mir ein, Tim, was für ein Wochentag war der 28. August 1911, als ich dich zum ersten Mal verhaftet habe?«

»Wie, zum Teufel, soll ich das denn noch wissen?« antwortete O'Brien reichlich verdattert.

»Sie brauchen sich nicht daran zu erinnern, mein Freund,« lächelte der Professor. »Auch ohne einen Kalender kann man ganz einfach den Wochentag für *jedes beliebige Datum* seit 1752 bestimmen. Vielleicht kann das dem einen oder anderen mal bei der Suche nach einem günstigen Alibi nützlich sein. – Wie dem auch sei, ich wünsche euch noch ein schönes Fest und ein gutes neues Jahr!«

Wissen Sie, wie man den Wochentag herausfinden kann?

Silvesterparty bei »Bomber«-Tim – Die Lösung:

(Zur Lektüre der Lösung bitte einen Spiegel unterhalb dieser Zeilen auf die Seite setzen und leicht nach vorne neigen.)

Wenn man für ein beliebiges Datum seit 1752 den Wochentag bestimmen will, geht man folgendermaßen vor:

1. Man nimmt die beiden letzten Zahlen der Jahreszahl und addiert dazu ¼ ihres Betrages, wobei ein eventueller Rest unberücksichtigt bleibt.
2. Addiere folgende Zahl für den Monat: Januar oder Oktober = 1; Mai = 2; August = 3; Februar, März oder November = 4; Juni = 5; September oder Dezember = 6; April oder Juli = 0. Falls es sich um ein Schaltjahr handelt (d. h.: die Jahreszahl ist ohne Rest durch 4 teilbar), dann ist Januar = 0 und Februar = 3.
3. Addiere jetzt das Tagesdatum. Die Summe dieser drei Zahlen wird durch 7 geteilt und der Rest davon ergibt den Wochentag.

In unserem Fall: Was für ein Tag war der 28. August 1911?

1. 11 + 2 = 13
2. August = 3; 13 + 3 = 16
3. 16 + 28 = 44;

44 = 7 × 6 Rest 2. Der zweite Tag der Woche ist Montag. Dieses System gilt so nur für Daten des 20. Jahrhunderts; für das 19. Jahrhundert addiert man eine 2, für das 18. eine 4 und für das 21. eine 6.

7

Eine grimmige Drohung

Pfui, mein Herr, pfui! Ein Soldat und Angst?

Eine grimmige Drohung

»Morgen«, flötete »Smiling« Joe Winters, der Reporter der *Leadville Press,* als er in das Büro von Staatsanwalt McConnell trat. McConnell hatte ein grimmiges Gesicht aufgesetzt und machte schon äußerlich seinem Spitznamen »Eisenschädel« alle Ehre.

»Was wollen Sie mit dem geheimnisvollen Päckchen anfangen, das Sie heute morgen bekommen haben?« erkundigte sich der Zeitungsmann.

Die stahlblauen Augen des Staatsanwaltes blickten eisig. »Diese verdammten Mafiatypen glauben wirklich, sie könnten mich mit solchen Methoden einschüchtern«, fauchte er und wühlte in den Papieren auf seinem Schreibtisch.

Kurz nach Dienstbeginn hatte McConnell allein in seinem Büro gesessen, als ihm ein Päckchen gebracht wurde. Darin hatte ein frisch amputierter Finger gelegen mit einem kurzen Brief:

Das hier gehörte einem guten Freund von Ihnen. Wir wollen, daß Sie Castelli freilassen. Bis zur Freilassung werden wir Ihnen jeden Tag einen Teil von Ihrem Freund schicken – notfalls bis er ganz bei Ihnen ist! – Freundeskreis Leo Castelli

McConnell hatte die Sache für sich behalten und das Päckchen in der Schreibtischschublade verstaut. Castelli war in einige üble Affairen verwickelt. Er hatte Politiker geschmiert und mit Waffen und Heroin gehandelt. Bisher hatte er auf seltsame Weise jedesmal den Kopf aus der Schlinge ziehen können, doch diesmal wollte McConnell ihn festnageln!

Er stand auf, ging zur Tür und brüllte: »Sergeant! Nehmen Sie Winters fest und bringen Sie ihn in eine Einzelzelle!«

»Was glauben diese Mafiatypen denn, mit wem sie es zu tun haben?« murmelte er, als Joe Fordney das Büro betrat.

Weshalb ließ der Staatsanwalt den Reporter Winters festnehmen?

Eine grimmige Drohung – Die Lösung:

(Zur Lektüre der Lösung bitte einen Spiegel unterhalb dieser Zeilen auf die Seite setzen und leicht nach vorne neigen.)

Da der Staatsanwalt die Sache für sich behalten hatte, konnte niemand außer den unmittelbar mit der Beförderung des Päckchens Befaßten etwas davon wissen. Als Winters leichtfertigerweise zu erkennen gab, daß er von dem Päckchen wußte, war McConnell klar, daß er etwas mit der Sache zu tun hatte.

8

Fordney's alter Trick

Phantasie ist die Gabe der Jugend,
Urteilskraft die des Alters.

– *Swift*

Fordney's alter Trick

Sergeant Woodin hatte erfahren, daß sich zwei Männer, die man mehrerer bedeutender Einbrüche verdächtigte, in derselben Nacht auf einer Bank im Carson Park treffen wollten, um eine neue Aktion zu verabreden. Der Informant hatte verraten, daß das Treffen für 23.00 Uhr angesetzt war, aber leider konnte er weder die Namen, noch eine Beschreibung der beiden geben. Also wandte sich Woodin hilfesuchend an Professor Fordney.

Gemeinsam entwickelten sie einen Plan. Der Ort des Treffens sollte von so vielen Polizisten umzingelt werden, wie man in der Umgebung verstecken konnte. Es war klar: Zog man das Netz zu eng, konnten die beiden Vögel Verdacht schöpfen. Deshalb postierte Woodin die Männer in einiger Entfernung und gab Anweisung, niemanden aufzuhalten, der in die Falle *hinein*ging.

Gegen 22.00 Uhr bezog der Sergeant Stellung, und kurz darauf kam auch der Professor von einer näheren Besichtigung des Schauplatzes zurückgeschlichen. Dem Sergeant fiel auf, daß er einen ausgebeulten Rucksack trug.

Es schlug elf. »Was für eine finstere Nacht«, flüsterte Woodin. »Sind Sie noch da, Professor?«

Plötzlich vernahmen sie verstohlene Schritte und das leise Murmeln zweier Männerstimmen. Offenbar saßen die beiden jetzt auf der Bank und besprachen ihre dunklen Geschäfte.

In diesem Augenblick entfuhr dem Sergeant ein unkontrolliertes Niesen – das Spiel war aufgeflogen! Die beiden Verdächtigen flohen in die Nacht und konnten unerkannt durch die Postenkette entkommen.

Als Fordney und Woodin zehn Minuten später langsam die Main Street entlangfuhren, entdeckten sie vor der Lola Bar zwei Individuen und wußten sofort, daß dies ihre gesuchten Männer waren.

Am nächsten Morgen mußte Captain O'Brien herzlich lachen, als sie ihm erzählten, mit welch altem Trick Fordney die beiden identifizieren konnte.

Woher wußte der Professor, daß die beiden Männer vor der Bar die Verdächtigen waren?

Fordneys alter Trick – Die Lösung:

(Zur Lektüre der Lösung bitte einen Spiegel unterhalb dieser Zeilen auf die Seite setzen und leicht nach vorne neigen.)

Fordney hatte befürchtet, daß es im Dunkeln Schwierigkeiten geben könnte, die Männer festzunehmen. Sein ausgebeulter Rucksack enthielt nichts anderes als einen Pinsel und einen Topf roter Farbe, mit der er die Bank stellenweise bepinselte. Natürlich merkten die beiden Verdächtigen nicht, daß ihre Kehrseite gut sichtbar markiert wurde.

9

Mord im Konsortium

Gerechtigkeit ist Wahrheit in Aktion.

– Joubert

Mord im Konsortium

Ich verlange die Todesstrafe, denn hier handelt es sich um einen vorsätzlichen Mord!« dröhnte Staatsanwalt Leo Pankofski. »Ich glaube nicht, daß die Geschworenen lange überlegen müssen, um mir in ihrer Entscheidung zuzustimmen.«

Der einzige Zeuge der Anklage wurde in den Zeugenstand gerufen und vereidigt. Dann begann er mit seiner Aussage:

»Am Treffen in Carl Hulls Büro haben fünf Personen teilgenommen. Wir sprachen darüber, ein Konsortium zu gründen, das an einem neuen Fernsehprojekt arbeiten sollte. Plötzlich verschwand Hull in einer Nische hinter einem schweren Plüschvorhang, wo sein Safe stand. Zwei von uns gingen sofort hinter ihm her.

Horace Hamilton und ich blieben im Büro sitzen. Wir hörten, wie sie sich unterhielten, konnten aber nicht verstehen, was gesagt wurde.« Lanz zog ein Taschentuch hervor und wischte sich über die Stirn. »Plötzlich sprang Hamilton auf«, er zeigte auf den Angeklagten, »zog einen Revolver aus der Tasche und rief: ›Ich werde dem verdammten Gauner schon zeigen, daß er so nicht mit mir umgehen kann.‹«

Nervös flüsterte Hamilton mit seinem Anwalt, so daß der Richter ihn ermahnen mußte. »Dann zielte er auf

Hull«, fuhr Lanz fort, »und schoß ihm direkt in den Kopf. Ich rannte zur Nische rüber und sah, wie ihn die beiden anderen aufhoben. Dann rief ich einen Arzt an und alarmierte die Polizei, während die beiden anderen Hamilton festhielten, der sich wie ein Verrückter aufführte ...«

Im Zuschauerraum saß Professor Fordney und folgte gespannt der Verhandlung. Nun ging Anwalt Monahan, der Verteidiger des Angeklagten nach vorn, und begann, den Zeugen zu befragen.

»Hat es schon früher Auseinandersetzungen zwischen Carl Hull und dem Angeklagten gegeben?« erkundigte er sich.

»Ja. Sie waren Stiefbrüder und haben sich nie gut verstanden. Sie wollten dieses Geschäft nur deshalb zusammen machen, weil es einen großen Gewinn versprach«, antwortete Lanz.

»Fernsehen«, murmelte Fordney bei sich. »Hmmm. Zweifellos wird der Richter den Geschworenen nahelegen, den Angeklagten freizusprechen.«

Fordney hatte Recht. Wissen Sie warum?

Mord im Konsortium – Die Lösung:

(Zur Lektüre der Lösung bitte einen Spiegel unterhalb dieser Zeilen auf die Seite setzen und leicht nach vorne neigen.)

Offenbar war Lanz' Zeugenaussage gelogen. Da Hull hinter dem Vorhang stand, konnte ihn der Angeklagte gar nicht sehen. Daher war es ihm auch nicht möglich, auf seinen Kopf zu zielen, ohne möglicherweise die anderen Männer zu treffen.

10

Die schöne Tänzerin

Welch arg verworrnes Netz wir spinnen,
wenn erstmals wir auf Täuschung sinnen.

– Scott

Die schöne Tänzerin

Professor Fordney schnippte den Staub von der Bandage, die um Mrs. Stocktons zierlichen Knöchel gebunden war. In früheren Jahren hatte die Stockton unter dem Namen Maria Marita eine internationale Tanzkarriere erlebt; nun lag sie in ihrem luxuriösen Salon auf dem Kanapée und stöhnte leise. Der Professor blickte auf die zierlichen rosafarbenen Hausschuhe neben der Couch und begann, den Verband zu lösen.

»Oh! Bitte nicht«, hauchte die Frau, »es tut so weh.« Sie sprach mit einem leichten Akzent, den der Professor sehr charmant fand.

»Wie Sie es wünschen. Sie sagten, daß Dr. Barton im Haus war, als Sie sich den Knöchel verstauchten, und daß er Sie verbunden hat?«

»Ja, so war es, Professor.«

»Hat er Sie hierher auf das Kanapée getragen?« forschte er weiter.

»Aber natürlich, mein Fuß tat ja so weh. Er sagte mir, ich sollte hier liegenbleiben, bis er zurückkehrte. Er ist derzeit unser Gast, wissen Sie. Aber dann bekam er einen dringenden Anruf und mußte das Haus verlassen. In einer Stunde müßte er wieder zurücksein.«

»Und natürlich haben Sie seine Anweisung befolgt?«

»Selbstverständlich.«

»Sie ist wirklich eine Schönheit«, dachte der Professor. »Was hat es mit dem Speicher auf sich?« fragte er plötzlich übergangslos. Zuvor hatte er nämlich das ganze Haus auf der Suche nach jenem sagenhaft wertvollen Diamantanhänger durchstöbert, dessen Verschwinden Mrs. Stockton nach eigenen Angaben kurz vor ihrem kleinen Unfall bemerkt hatte.

»Was meinen Sie damit?« Maria hob fragend ihre wunderschönen Augenbrauen.

»Nichts besonderes«, erwiderte Fordney. »Aber es scheint so, als ob er durchaus nicht so sauber ist wie der Rest des Hauses.«

»Das Haus hält unsere deutsche Putzfrau in Ordnung. Und was den Speicher angeht, so müssen Sie meinen Mann fragen. Er hat verboten, daß ihn irgendjemand betritt. Wie sind *Sie* überhaupt hineingekommen?«

»Ich habe die Tür aufgebrochen. – Es tut mir leid, aber ich muß annehmen, daß Sie in den Diebstahl ihres Schmuckstücks selbst verwickelt sind. Sie haben mich angelogen.«

Was veranlaßte Fordney zu dieser Behauptung?

Die schöne Tänzerin – Die Lösung:

(Zur Lektüre der Lösung bitte einen Spiegel unterhalb dieser Zeilen auf die Seite setzen und leicht nach vorne neigen.)

Maria gab an, auf die Couch getragen worden zu sein und sie danach nicht verlassen zu haben. Trotzdem gab es Staubspuren auf ihrem Verband. Der einzige unordentliche Raum des Hauses war der Speicher. Also war es klar, daß sie noch einmal auf dem Speicher war, nachdem sie den Verband bekommen hatte. Wie sich später herausstellte, hatte sie dort das Schmuckstück versteckt.

11

Mord an Bord

Wind blase, Woge schwelle, schwimme, mein Schiff!
Der Sturm hat begonnen, und alles steht auf dem Spiel.

– Shakespeare

Mord an Bord

Schon seit Stunden stampfte die zierliche Yacht *Dauntless* durch die aufgewühlte See. Gerade hatte der Orkan einen Moment lang nachgelassen, als auf dem Oberdeck ein Pistolenschuß peitschte.

Professor Fordney warf den Kriminalroman beiseite, in dem er recht ergebnislos zu lesen versucht hatte, und stürzte auf den Gang. Am anderen Ende fand er den Steward Mierson, der sich über den leblosen Körper eines Mannes beugte. Während sie noch die Leiche untersuchten, brach das Unwetter von neuem los. Blitze zuckten, und ein krachender Donnerschlag erschütterte das Schiff.

Das Einschußloch am Hinterkopf des Mannes wies Schmauchspuren auf. Kapitän Larsen und der Professor begannen unverzüglich, sämtliche Passagiere – es waren etwa dreißig – nach ihrem Aufenthalt während der Tatzeit zu befragen. Besonderes Augenmerk richteten sie dabei auf jene Passagiere, deren Kabinen in der Nähe des Tatorts lagen. Als erstes befragten sie Albert Drinkwater, einen Vertreter für Damenunterwäsche aus New Jersey. Er gab an, zur fraglichen Zeit in seiner Kabine gewesen zu sein und einen Brief geschrieben zu haben.

»Darf ich den Brief einmal sehen?« fragte Larsen.

Fordney sah ihm über die Schulter und erkannte, daß das Schreiben mit der schmalen, sehr präzisen Handschrift offenbar an eine Dame gerichtet war.

Die Kabine nebenan gehörte Miss Margaret Millsworth. Als der Kapitän sie fragte, wo *sie* sich zur Tatzeit aufgehalten hatte, wurde sie sehr nervös. Schließlich bekannte sie, daß das Unwetter sie so in Angst versetzt hatte, daß sie sich etwa fünfzehn Minunten vor dem Schuß schutzsuchend in die Kabine ihres Verlobten James Montgomery auf der anderen Seite des Gangs begeben hatte.

Montgomery bestätigte ihre Aussage und fügte hinzu, sie seien nach dem Schuß nicht auf den Gang hinausgetreten, weil es vielleicht einen falschen Eindruck gemacht hätte, wenn man sie um diese Uhrzeit gemeinsam aus einer Kabine hätte kommen sehen. Fordney bemerkte einen dunkelroten Fleck auf Montgomerys Hausmantel.

Die Befragung der übrigen Passagiere sowie der Mannschaft verlief zufriedenstellend und brachte keine weiteren Ergebnisse. Per Funkspruch benachrichtigte man die Polizei, das Schiff im Hafen von S... zu erwarten. Der Professor und der Kapitän waren einer Meinung, daß vor allem *eine* Person es besonders eilig haben würde, von Bord zu gehen.

Auf wen richtete sich ihr Verdacht, und warum?

Mord an Bord – Die Lösung:

(Zur Lektüre der Lösung bitte einen Spiegel unterhalb dieser Zeilen auf die Seite setzen und leicht nach vorne neigen.)

Sie verdächtigten Albert Drinkwater, denn bei einem derart heftigen Sturm konnte jemand unmöglich einen Brief mit schmaler und sehr präziser Handschrift abfassen.

12

Ein Kriminologe erzählt

Das Schicksal hat keine andere Stimme
als den Trieb des Herzens.

– Schiller

Ein Kriminologe erzählt

Meine Damen und Herren!« Professor Fordney räusperte sich, und seine Studenten blickten gespannt. »Als angehende Kriminologen kann ich Sie nur ermuntern, Ihren Verstand bei jeder sich bietenden Gelegenheit zu trainieren und zu schärfen. Besonders Denksportaufgaben sind hierfür ein geeignetes Mittel.«

Verstohlen blickte Altsemester Fred Bugatzki auf seine Taschenuhr, während einige seiner jüngeren Kollegen sich eifrig Notizen machten. »Die folgende Aufgabe«, fuhr Professor Fordney fort, »verlangt von Ihnen keinerlei mathematisches Fachwissen, sondern nur ein bißchen gesunden Menschenverstand. Also aufgepaßt:

Vor einem Heiligenschrein im südlichen Frankreich kniete einmal ein Bauer und betete. Er bat den Herrn, er möge doch den Geldbetrag in seiner Tasche verdoppeln. Als Dank versprach er, 20 Dollar für die Armen zu spenden. Und so geschah es. Doch nachdem er die 20 Dollar in den Opferstock geworfen hatte, mußte der Bauer zu seiner Bestürzung feststellen, daß er jetzt weniger Geld besaß als vor der Verdoppelung.

Also ging er zu einem anderen Schrein und wiederholte seine Bitte. Wiederum stiftete er 20 Dollar, und wieder mußte er feststellen, daß sein Geld erneut weniger geworden war.

Mutlos ging er zu einem dritten Schrein. Nachdem auch hier seine Bitte um Verdoppelung des Geldbetrags erfüllt worden war und er die üblichen 20 Dollar für die Armen gegeben hatte, entdeckte er, daß er nun selbst zu den Armen gehörte, denn sein gesamtes Geld war dahin!«

»Ein Bauer in Südfrankreich mit Dollar in der Tasche!« brummte Fred Burgatzki angewidert. »Der Alte sollte mal Urlaub machen.«

»Und nun, meine Damen und Herren,« sagte Professor Fordney gutgelaunt, »möchte ich, daß Sie mir sagen, wieviel Geld der Bauer ursprünglich in seiner Tasche hatte. Die Lösung ist ganz einfach, Sie haben eine Minute Zeit!«

»Na, Servus«, dachte der angehende Kriminologe Bugatzki und versuchte unauffällig, einen Blick auf die Kladde seines Vordermanns zu werfen.

Haben Sie eine Minute Zeit? Dann lösen Sie *doch mal die Aufgabe!*

Ein Kriminologe erzählt – Die Lösung:

(Zur Lektüre der Lösung bitte einen Spiegel unterhalb dieser Zeilen auf die Seite setzen und leicht nach vorne neigen.)

Der Bauer hatte ursprünglich 17,50 Dollar bei sich. Die Lösung ist einfach, wenn man rückwärts rechnet.

Am dritten Schrein hatte der Bauer kein Geld mehr, nachdem der Betrag verdoppelt worden war und er 20 Dollar gespendet hatte. Also mußte er zuvor 10 Dollar besessen haben.

Mit diesen 10 Dollar kam er vom zweiten Schrein, wo er zuvor 20 Dollar gespendet hatte, nachdem sein Bares verdoppelt worden war. Also muß er dort mit 15 Dollar angekommen sein (15 × 2 = 30 – 20 = 10).

In gleicher Weise ergibt sich, daß er vor dem ersten Schrein ursprünglich 17,50 Dollar besessen hatte (17,50 × 2 = 35 – 20 = 15). Also, das war nun wirklich nicht schwer, oder?

13

Fordney in Berlin

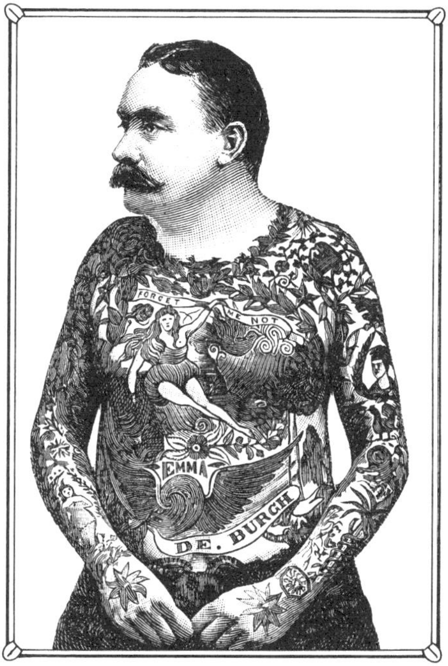

Allein die Natur ist ewig.

– Longfellow

Fordney in Berlin

Nach einem umfangreichen Frühstück im Berliner Hotel *Adlon* überflog Professor Fordney gutgelaunt die Seiten der Morgenzeitung. Deutsch sprach er beinahe ebenso perfekt wie Holländisch.

Eine Notiz wies darauf hin, daß am selben Nachmittag um 14.00 Uhr in einem bestimmten Theater eine wunderschöne 22jährige Amerikanerin auftrete. Ihr makelloser Körper sei mit den wundersamsten Tätowierungen bedeckt, die je ein Mensch entworfen habe. Professor Fordney hielt dies für eine amüsante Anregung und beschloß, sich diese Kombination von Mädchentugend und Nadelkunst nicht entgehen zu lassen. Wenige Minuten vor der Zeit betrat er folglich das angegebene Theater.

Ein weißhaariger, distinguiert wirkender älterer Herr, offenbar ebenfalls Amerikaner, betrat die enge Bühne. Seine kurze Ansprache wurde von einem dicklichen Herrn mit Hornbrille übersetzt:

»Ich darf mich als den bedeutendsten Meister der verkannten Kunst des Tätowierens bezeichnen. Ich möchte dies beweisen, indem ich Ihnen jetzt meine Tochter vorstelle. Ihr Körper ist vollständig mit Tätowierungen bedeckt, mit denen ich sie im zarten Alter von acht Jahren verschönte. Ich möchte Sie ausdrücklich bitten, ruhig näherzukommen und die Kunstwerke ausführlich zu studieren. Meine Damen und Herren, hier ist meine Tochter!«

Hinter dem Vorhang hervor betrat ein knapp bekleidetes, außerordentlich anmutiges Mädchen die Bühne. Der Professor errötete ein wenig, als er nach vorne ging, um sie näher zu betrachten. Kein Zweifel, ihre Figur war makellos und die Tätowierungen vollendet. Er studierte die Zeichnungen etwas länger als nötig, und wer wollte es ihm verdenken?

Als er sich einige Minuten später dem Vater vorstellte, sagte er: »Ihre Tochter (falls sie es wirklich ist), ist tatsächlich eine Schönheit, und auch die Tätowierungen sind perfekt. Aber weshalb haben Sie vorhin Ihr Publikum angeschwindelt?«

Was meinte Fordney mit dieser Bemerkung?

Fordney in Berlin – Die Lösung:

(Zur Lektüre der Lösung bitte einen Spiegel unterhalb dieser Zeilen auf die Seite setzen und leicht nach vorne neigen.)

Der angebliche Vater des Mädchens hatte gelogen. Wenn das Mädchen bei der Tätowierung tatsächlich acht Jahre alt gewesen wäre, dann hätten die Zeichnungen jetzt nicht mehr perfekt sein können, sondern wären durch das Wachstum verzerrt und gedehnt worden.

14

Ein Komplize wird verhaftet

Du weichst nie von deinem vorgegebenen Ziel ab, mein dunkler Liebling Fluß!

– William Cullen Bryant

Ein Komplize wird verhaftet

Professor Fordney war von Sheriff Williams wegen eines mysteriösen Leichenfundes nach Chinester gebeten worden. Nun saß er im Büro des Sheriffs dieses kleinen Ortes und verfolgte die Aussage des Zeugen Charles Mason. »... und dann kam dieser ziemlich große Koffer vorbeigetrieben, und als ich ihn an Land zog und aufmachte, war da diese tote Frau drin«, erzählte der gerade.

»Der Körper der Frau war vom Wasser bis zur Unkenntlichkeit entstellt«, ergänzte der Sheriff die Zeugenaussage. »Aber wir haben die Vermißtenmeldungen durchgesehen und rausgefunden, daß die Kleidung auf eine gewisse Martha Bratten schließen ließ, die vor einigen Monaten plötzlich verschwunden ist.«

Man benachrichtigte den Ehemann von Mrs. Bratten, und schließlich konnte ihr Zahnarzt die Tote anhand der von ihm selbst vorgenommenen Gebißkorrekturen eindeutig identifizieren.

Als schließlich der Bericht des Gerichtsarztes eintraf, in dem festgestellt wurde, daß Mrs. Bratten nicht ertrunken, sondern an den Folgen eines Messerstichs ins Herz gestorben war, begann Fordney, sich aktiv für den Fall zu interessieren.

Er verhörte eindringlich Mr. Bratten und erfuhr, daß dessen Frau die Absicht geäußert hatte, sich von ihm scheiden zu lassen. Der Ehemann wollte sich diesem Wunsch nicht widersetzt haben, da die Ehe ohnehin zerrüttet gewesen sei und er beabsichtigte, eine andere Frau zu heiraten, deren Namen er jedoch nicht preisgeben wollte.

Fordney fand heraus, daß Mason ein ziemlicher Sonderling war, der in einer Hütte am Fluß hauste. Die Nachbarn erzählten, daß er manchmal ganze Tage lang verschwand, und daß niemand wußte, was er in der Zwischenzeit trieb. Auf Befragen erklärte Mason, Mrs. Bratten noch nie zuvor gesehen zu haben.

Nach dieser Aussage ließ ihn Professor Fordney sofort verhaften und beschuldigte ihn, zumindest als Komplize an der Mordtat beteiligt gewesen zu sein.

Wie kam er darauf?

Ein Komplize wird verhaftet – Die Lösung:

(Zur Lektüre der Lösung bitte einen Spiegel unterhalb dieser Zeilen auf die Seite setzen und leicht nach vorne neigen.)

Fordney ließ Mason verhaften, weil dessen Zeugenaussage offensichtlich unrichtig war. Mason gab an, der Koffer sei an ihm vorbeigetrieben. Hierzu paßt aber nicht, daß die Leiche vom Wasser bis zur Unkenntlichkeit entstellt war. Wenn soviel Wasser im Koffer gewesen wäre, hätte er nicht mehr vorbeitreiben können, sondern wäre untergegangen.

15

Der reitende Tod

Jedem Versagen liegt das leichtfertige Überspringen eines Schritts zugrunde, das die Natur nicht verziehen hat.

– Emerson

Der reitende Tod

Nachdenklich blickte Professor Fordney auf den leblosen Donald Clagett hinab. Clagett war ein international erfolgreicher Pferdezüchter gewesen; jetzt lag er weniger erfolgreich, nämlich tot, auf dem Boden seines Stalls. Neben seiner rechten Hand sah Fordney eine halbgerauchte Zigarette.

Clagetts Gesicht war schrecklich entstellt vom Abdruck eines Hufeisens. Die Rundung hatte seinen Schädel zertrümmert, während die Hacke einen Teil des Oberkiefers zerschmettert hatte. Fordney steckte den Zigarettenstummel ein und ging zur Box hinüber, in der Doctor C, der Stolz des Clagett-Stalls, untergebracht war.

»Ist 'n ziemlich übellauniger Kerl, Sir, aber ich hätte nie gedacht, daß er mal seinen Herrn tritt«, meinte der Trainer Jeffries.

»Wissen Sie zufällig, wie groß Mr. Clagett genau ist ... er ist ja nicht gerade besonders klein?« erkundigte sich der Professor.

»Ja, Sir, so um ein Meter fünfundsiebzig, Sir.«

»Haben Sie irgendetwas angerührt, nachdem Sie Mr. Clagett gefunden haben?«

»Hab nur das Pferd in die Box gebracht, Sir. Stand direkt neben dem armen Mr. Clagett, und ich wollte nicht, daß es noch mehr auf ihm rumtrampelte.«

Wie konnte es einem so erfahrenen Pferdekenner passieren, daß er von seinem Pferd zu Tode getreten wurde, grübelte Professor Fordney. Er starrte auf das Pferd, als ob er von ihm die Antwort erwartete.

»Ich habe meinen Mann nicht vermißt, bevor heute morgen der Stallbursche kam und meldete, daß er ihn gefunden hatte«, antwortete Mrs. Clagett auf Fordneys Frage. »Beim Dinner hatten wir eine kleine Auseinandersetzung. Er verließ das Haus um etwa halb acht. Als er um acht noch nicht zurück war, ging ich mit Freunden ins Konzert.«

»Hatte Ihr Mann Sie begleiten wollen?«

»Ja, das wollte er.«

»Warum trug er dann keinen Abendanzug, als er sich um halb acht von Ihnen verabschiedete?«

»Nun ... Ich nehme an ...«

»Ich werde Ihnen sagen, warum«, unterbrach sie Fordney. »Er wurde nämlich ermordet!«

Wie konnte der Professor das wissen?

Der reitende Tod – Die Lösung:

(Zur Lektüre der Lösung bitte einen Spiegel unterhalb dieser Zeilen auf die Seite setzen und leicht nach vorne neigen.)

Ein Pferd tritt immer nach oben. Der Abdruck auf Clagetts Schädel zeigt aber, daß der Schlag von oben nach unten geführt worden war. Der Mörder hatte ein Hufeisen auf ein Brett genagelt und Clagett damit erschlagen. Sein Fehler war, daß er das Hufeisen nicht umgedreht aufgenagelt hatte.

16

Anglerlatein

An solchem Faden hängt eine Geschichte.

– Shakespeare

Anglerlatein

Hör mal, Joe. Schluß jetzt mit der Politik, konzentriere dich lieber aufs Angeln!« Inspector Kelleys Stimme klang unwirsch, während er seine Leine einholte.

»Konzentriere du dich lieber«, erwiderte Fordney. »Was für ein Angler! Warum wirfst du den Haken immer in die Büsche?« Eine Weile lang schwiegen beide. »Habe ich dir eigentlich schon erzählt, Jim, was mir am 4. März passiert ist?« begann Fordney von neuem.

»Schon wieder eine von deinen Anglergeschichten?« knurrte Kelley.

»An diesem Tag wurde der neue Präsident in sein Amt eingeführt«, erzählte Fordney munter, ohne sich von Kelleys Bemerkung irritieren zu lassen, »und um 9 Uhr morgens war ich mit den Roosevelts noch im Hotel Mayflower zum Frühstück verabredet. Wir plauderten etwa eine Stunde lang, wobei sich mein Freund Franklin vor allem für meine Erfahrungen im Forellenangeln interessierte. Bevor er zur Zeremonie ins Weiße Haus hinüberging, bezahlte er das Essen mit einem Scheck, und dabei war ich Zeuge, wie er sein erstes offizielles Dokument unterzeichnete: *Franklin D. Roosevelt, Präsident der Vereinigten Staaten von Amerika.* Sei also etwas freundlicher zu mir, denn du siehst, ich habe beste Verbindungen zu deinem obersten Boß.«

»Tatsache?« knurrte Kelley und riß ungeduldig an seiner verknoteten Angelschnur. »Ich bin Republikaner, und ich glaube dir diese Geschichte genau so wenig, wie dein ganzes Anglerlatein. Und wenn wir nicht bald was fangen, müssen wir heute abend Spiegeleier essen …«

Doch seine Mahnung war umsonst gesprochen, denn schon holte Fordney seine Leine ein, an der ein mindestens acht Pfund schwerer Karpfen zappelte.

Warum hatte Kelley die Geschichte von Professor Fordney nicht geglaubt?

Anglerlatein – Die Lösung:

(Zur Lektüre der Lösung bitte einen Spiegel unterhalb dieser Zeilen auf die Seite setzen und leicht nach vorne neigen.)

Um neun Uhr morgens ist der zukünftige Präsident noch nicht in sein Amt eingeführt und kann deshalb keine Dokumente mit seiner offiziellen Amtsbezeichnung unterschreiben. Professor Fordney hatte also Anglerlatein erzählt. Haben Sie angebissen?

17

Das Singvögelchen

Rache kennt keine Vorsicht.

– Napoleon

Das Singvögelchen

»So«, sagte Detective Toomey und runzelte die Stirn. »Sie waren also dabei, als Johnson von Mallison umgepustet wurde?«

»Allerdings«, keifte Mary Winters.

»Sie hat ein tückisches Funkeln in den Augen«, dachte Professor Fordney, der stumm dabeisaß und das Verhör verfolgte.

»Warum verpfeifen Sie ihn erst jetzt?« fragte der Detective. »Er sitzt schon seit zwei Monaten hinter Gittern.«

»Das will ich ihnen verraten«, kreischte Mary. »Ich habe nämlich soeben erfahren, daß er die ganze Zeit was mit dieser Schlange von Blumenverkäuferin hatte, während er mir die große Liebe vorspielte. So ein Hund, und ich habe ihm geglaubt ...« Sie zog ein Tüchlein aus der Handtasche und tupfte sich die Nase.

»Verzeihung, Miss Winters«, unterbrach Fordney sie sanft. »Können Sie den Revolver dort auf dem Schreibtisch identifizieren? Sind Sie sicher, daß es derjenige ist, den Mallison am Strand vergraben hat, nachdem er Johnson erschossen hatte?«

»Na klar bin ich sicher! Glauben Sie, ich würde sonst zu Ihnen kommen«, war ihre Antwort.

Fordney beugte sich vor und nahm den 45er Colt mit seinem heimtückisch glänzenden Lauf. Zwei Stunden zuvor war Mary Winters mit Officer Dunhill zu einer einsam gelegenen Stelle am Strand gegangen und hatte ihm gezeigt, wo die Waffe vergraben lag. Es steckten noch drei Kugeln in der Trommel. Johnson war mit drei Schüssen getötet worden.

»Sie wollen mir also erzählen«, donnerte Toomey, »daß Sie seelenruhig mitangesehen haben, wie Mallison diesen Mann getötet hat? Wissen Sie eigentlich, daß ich Sie dafür als Mitwisserin hinter Gitter bringen kann?«

»Ist mir egal, was Sie machen!« keifte die Gangsterbraut. »Alles was ich will ist, daß Mallison auf dem elektrischen Stuhl landet.«

»Geben Sie sich bitte keine Mühe mehr, Miss Winters«, ließ sich Fordney vernehmen. »Ihre Geschichte ist reichlich unglaubwürdig.«

Was erregte Fordneys Mißtrauen?

Das Singvögelchen – Die Lösung:

(Zur Lektüre der Lösung bitte einen Spiegel unterhalb dieser Zeilen auf die Seite setzen und leicht nach vorne neigen.)

Hätte der Revolver schon seit zwei Monaten im Sand gelegen, dann wäre er nicht mehr glänzend, sondern angerostet gewesen.

18

Neues aus dem Hauptseminar

Das Auge sieht nur das, wozu es die Kraft hat.

– Carlyle

Neues aus dem Hauptseminar

»Als ich das letzte Mal in London war«, erzählte Professor Fordney und blickte in die Runde, »nahm ich an einem offiziellen Bankett der Führung von Scotland Yard teil.«

Die jungen Studenten der Kriminologie blickten gespannt, denn Fordneys Englandgeschichten waren stets besonders geheimnisvoll. In einer der hinteren Bänke raschelte es leise, als Fred Bugatzki vorsichtig sein Salamibrot auspackte.

»Nach dem Dinner gab es einen Vortrag von Detective-Inspector Wish. Er berichtete uns von dem Fall eines zwölfjährigen Mädchens namens Diana. Sie war die Tochter von einem Lord Ormingsbee, der ein Vermögen für die Heilung des von Geburt an blinden Mädchens ausgegeben hatte. Nichts hatte geholfen. Eines Tages erfuhr er von den chirurgischen Wundertaten eines gewissen Doktor Zurfli in Wien, und voller Hoffnung fuhr er mit der Kleinen zu ihm.

Nach eingehender Untersuchung erklärte der Spezialist, er wolle die äußerst schwierige Operation wagen. Am nächsten Tag war es soweit, und danach mußte das Mädchen zwei Wochen lang in einem abgedunkelten Raum mit verbundenen Augen leben, während ihr Vater zwischen Hoffnung und Verzweiflung schwankte.

Endlich kam der große Augenblick! War die Operation erfolgreich gewesen? Als man der Kleinen den Verband abnahm, hielt Ormingsbee den Atem an. Der Doktor wartete einige Minuten, dann zeigte er dem Kind eine kleine Tafel und fragte sanft: ›Was für eine Farbe ist das, mein Kind?‹

›Rot‹, sagte sie mit klarer Stimme. Ergriffen drückte sie der Vater an seine Brust. Die europäischen Zeitungen haben ausführlich über die ganze Sache berichtet, und zwei Wochen später ...«

In einer der hinteren Reihen hustete es heftig, offenbar hatte sich jemand verschluckt.

Haben Sie eine Ahnung, was Fred Bugatzki in den falschen Hals bekommen hat?

Neues aus dem Hauptseminar – Die Lösung:

(Zur Lektüre der Lösung bitte einen Spiegel unterhalb dieser Zeilen auf die Seite setzen und leicht nach vorne neigen.)

Da Diana von Geburt an blind war, konnte sie in diesem Augenblick unmöglich eine bestimmte Farbe erkennen. Sie hätte die verschiedenen Farbwörter erst lernen müssen.

19

Tod eines Clowns

Die Vernunft kann Verborgenes aufspüren.

– Quarles

Tod eines Clowns

Pipo, der Clown, der Tausende und aber Tausende von Menschen zum Lachen gebracht hatte, lag tot auf dem Boden seines Wohnwagens, mit einer Kugel im Kopf. Der 38er Revolver neben seinen ausgestreckten Händen, die immer noch in den riesigen wattierten Handschuhen steckten, die zu seinem Erkennungszeichen geworden waren, schien brandneu zu sein.

Professor Fordney war telefonisch benachrichtigt worden. Er hob den Revolver auf und öffnete ihn: nur ein Schuß war abgefeuert worden, und zwar vor noch nicht allzu langer Zeit.

Fordney verließ den Wohnwagen und wandte sich an Jack Munger, den Zirkusdirektor. »Als Pipo fünf Minuten vor seinem Auftritt noch nicht im Zelt war, kam ich selbst hierher zu seinem Wagen und fand ihn so, wie er jetzt noch da liegt«, erklärte Munger. »Obwohl sich ziemlich schnell herumsprach, daß etwas passiert war, habe ich dafür gesorgt, daß Pipos Wohnwagen von niemand betreten wurde.« Der Zirkusdirektor wirkte nervös, was aber nur zu verständlich war, hatte doch Pipo zu den Hauptattraktionen des Programms gehört.

»Pipo wirkte in letzter Zeit etwas deprimiert«, fuhr Munger fort. »Aber ich verstehe nicht, daß er sich zuerst vollständig kostümiert, und dann Selbstmord begeht!«

Niemand hatte einen Schuß gehört. Bei der Musik, dem Lachen und dem Applaus aus dem Hauptzelt war das nicht weiter verwunderlich.

Während der inzwischen eingetroffene Polizeiarzt die Leiche untersuchte, suchte Fordney aufmerksam die nähere Umgebung des Wohnwagens ab. Dann schickte er nach Wilma Viccio, der berühmten Kunstreiterin, die Pipos Lebensgefährtin gewesen war. Einige Augenblicke unterhielt er sich leise mit ihr. Als sie gegangen war, kehrte er in den Wohnwagen zurück. Der Arzt kniete immer noch neben dem toten Clown. »Hier haben wir es nicht mit Selbstmord, sondern mit *Mord* zu tun!« informierte ihn Fordney.

Woher wußte er das?

Tod eines Clowns – Die Lösung:

(Zur Lektüre der Lösung bitte einen Spiegel unterhalb dieser Zeilen auf die Seite setzen und leicht nach vorne neigen.)

Mit seinen riesigen wattierten Handschuhen konnte Pipo sich unmöglich selbst erschossen haben, weil er nicht an den Abzugsbügel gekommen wäre.

20

Scotland Yard bittet um Hilfe

Fälscher sind gehorsame Rindviecher.

– Dryden

Scotland Yard bittet um Hilfe

Als sich Professor Fordney wieder einmal in London aufhielt, erhielt er einen Telefonanruf von Detective-Inspector Willingham von Scotland Yard. Man bat ihn, bei der Aufklärung eines besonders mysteriösen Diebstahls von 25 000 Pfund in englischen Schatzanweisungen behilflich zu sein.

Was diesen Fall so ungewöhnlich machte, war der Umstand, daß die Wertpapiere in Toronto in Kanada gestohlen worden waren. Sechs Wochen nach dem Diebstahl waren die dortigen Behörden zum Schluß gekommen, daß ein gewisser Leslie Millington der Täter sein mußte, jedoch hatte er Kanada schon einen Tag nach dem Verbrechen verlassen.

»Die kanadischen Kollegen konnten uns nichts weiter liefern als den Namen des Mannes und eine Personenbeschreibung«, erklärte Willingham und hob ergeben die Hände.

»Wollen sehen, was sich damit anfangen läßt«, erwiderte Fordney.

Nach drei Wochen harter Arbeit fanden sie eine Spur, die sie in das Büro von Milton Squire, Privatdetektiv, führte.

»Wissen Sie irgend etwas über den Fall Milllington?« fragte Willingham, nachdem er und Fordney sich auf den angebotenen Stühlen in Squires Büro niedergelassen hatten.

»Nun, ja und nein!« antwortete Squire geheimnisvoll.

»Hmmm«, murmelte Fordney bei sich und musterte den Mann genau. »Das ist ja interessant.«

Squire zog einen von Scotland Yard herausgegebenen Steckbrief mit der Personenbeschreibung und einem Photo des Gesuchten aus der Schublade. Er reichte ihn dem Professor und sagte:

»Ich glaube, Sie suchen den falschen Mann. Wissen Sie, ich kenne Millington noch aus meiner kanadischen Zeit. Dieser Mann hier hat eine auffallende Ähnlichkeit mit ihm, doch er ist es nicht. Dieser Mann hier ist eindeutig jemand anders ... und ich weiß auch wer!«

»Wer denn?« fragten Willingham und Fordney im Chor.

»John Morrisey ... da bin ich ganz sicher!«

»Wußte gar nicht, daß Steckbriefe fälschen auch zu Ihrem Repertoire gehört«, erwiederte ihm Fordney ungerührt.

Woher wußte der Professor, daß der Steckbrief gefälscht war?

Scotland Yard bittet um Hilfe – Die Lösung:

(Zur Lektüre der Lösung bitte einen Spiegel unterhalb dieser Zeilen auf die Seite setzen und leicht nach vorne neigen.)

Scotland Yard konnte gar keinen Steckbrief mit einem Photo des Gesuchten herausgeben, weil es kein Photo gab. Die kanadischen Behörden hatten nur seinen Namen und seine Personenbeschreibung durchgegeben. Squire alias Millington hatte versucht, den Verdacht auf den bekannten Schurken Morrisey zu lenken. Vielleicht war er eine Spur zu schlau gewesen.

21

Identifizierung mißlungen

Blut! Bah!

– Michel Le Faucheur

Identifizierung mißlungen

»Ich wußte sofort, daß der Körper einige Tage lang im Wasser gelegen haben mußte«, sagte Detective Ronson von der Hafenpolizei. Er saß zusammen mit Professor Fordney in einem Polizeiwagen, der sie zum Leichenschauhaus brachte, wo die offizielle Identifizierung des Toten stattfinden sollte.

»Wir fanden ihn genau da, wo Sie meinten, daß er wahrscheinlich angeschwemmt werden würde«, fuhr Ronson fort. »War ein ziemlich übler Anblick, wie er da mit dem Gesicht nach unten im Uferschlamm lag. Sein Hinterkopf war zertrümmert und völlig blutverschmiert, und seine Kleidung war schon ziemlich ausgebleicht vom langen Liegen im Wasser. Und erst das Gesicht ...« Detective Ronson schüttelte sich. »Er hatte bestimmt schon mindestens vier Tage im Wasser gelegen. Na, Sie werden es ja gleich selbst sehen. Nach der Vermißtenbeschreibung bin ich ziemlich sicher, daß es sich bei dem Toten um Bitterworth handelt, allerdings konnte ich bei ihm keinerlei Papiere finden.«

Der Wagen bog in eine schmale Seitenstraße ein. Professor Fordney saß stumm da und blickte nachdenklich vor sich hin. In der Eingangshalle des Leichenschauhauses erwartete sie schon eine in Tränen aufgelöste Mrs. Bitterworth mit einem dunkelhaarigen Mann, der sich als ihr

Bruder vorstellte. Nach einigen Worten der Begrüßung trat der Untersuchungsrichter aus seinem Büro, und man stieg gemeinsam die Treppe hinab in den Kühlraum.

Ein Assistent zog einen Rollkasten aus der Wand, in dem der aufgeschwemmte grünliche Leichnam eines Mannes lag. Es kostete Mrs. Bitterworth einige Überwindung, den Toten anzuschauen.

»Das ist nicht mein Charles«, rief sie in höchster Erregung, dann fiel sie in Ohnmacht. Ihr Bruder bestätigte ihre Feststellung. Dies war *nicht* die Leiche von Charles Bitterworth.

»In einem derartigen Fall kann eine Identifizierung leicht fehlschlagen«, meinte Fordney zu seinem Begleiter, als sie wieder im Wagen saßen. »Allerdings wundere ich mich, daß Sie übersehen haben, daß an der ganzen Sache etwas nicht stimmen kann!«

Was meinte der Professor mit dieser Bemerkung?

Identifizierung mißlungen – Die Lösung:

(Zur Lektüre der Lösung bitte einen Spiegel unterhalb dieser Zeilen auf die Seite setzen und leicht nach vorne neigen.)

Wenn der Körper schon vier Tage im Wasser gelegen hätte, wie Detective Ronson behauptete, dann wäre der Hinterkopf nicht mehr blutverschmiert gewesen. Das Wasser hätte das Blut abwaschen müssen.

22

Eine alte spanische Sitte

O heiteres Reich der Ritterlichkeit,
Land des Weins und der Oliven,
Liebliches Spanien!

– Mrs. Hemans

Eine alte spanische Sitte

Die Gäste an Professor Fordneys Dinnertafel waren in bester Laune. Der Professor hatte sie köstlich bewirtet und einige seiner interessantesten Anekdoten zum Besten gegeben. Gerade kam er zum Höhepunkt einer seltsamen Geschichte aus dem alten Spanien.

»Nun war also der Tag des großen Festes da«, sagte er schmunzelnd. »Der gesamte Hof und Hunderte seiner Untertanen hatten sich im gewaltigen Thronsaal versammelt, um einer der folgenreichsten Entscheidungen ihres Königs beizuwohnen.

Juan Alvarez hatte für den König einige bedeutende Schlachten gewonnen, und dafür sollte er jetzt belohnt werden. Wenn es ihm gelang, eine bestimmte Aufgabe zu lösen, sollte er die Hand der königlichen Prinzessin bekommen.

Zwei verschlossene und versiegelte Briefe wurden auf einen Tisch in der Mitte des Saales gelegt. In dem einen stand *Du hast gewonnen,* in dem anderen *Du hast verloren.* Alvarez durfte nur einen der beiden Umschläge berühren. Wählte er den Brief mit dem Gewinn, durfte er die Prinzessin heiraten, wählte er die Niete – nun, dann hatte er seine faire Chance gehabt. Die Anwesenden bejubelten die Großherzigkeit ihres Monarchen, einem Mann von niederem Stand eine solche Chance zu gewähren.

Doch Halt! Im Stillen bereute der König schon längst seine Voreiligkeit, mit der er damals in der ersten Siegesfreude dieses Versprechen, auch noch vor Zeugen, gegeben hatte. Also hatte er seine Berater angewiesen, einen Weg zu finden, bei dem Alvarez auf keinen Fall gewinnen konnte, ohne daß er selbst, der König, seine Versprechen brechen mußte.

Die Berater hatten nicht lange überlegen müssen: In beiden Briefen auf dem Tisch stand jetzt geschrieben, daß Alvarez verloren hatte. Dafür hatte ihnen der König eine Gehaltserhöhung zugesagt! Wie konnte Alvarez jetzt noch gewinnen, wenn er nur einen Brief auswählen durfte, aber in beiden erklärt wurde, daß er verloren hatte?

Allerdings hatte man die Rechnung ohne den listenreichen Alvarez gemacht. Als er den Thronsaal betrat, wußte er genau, daß man versuchen würde, ihn aufs Kreuz zu legen. Er verbeugte sich vor Seiner Majestät und schlenderte hinüber zum Tisch. Nachdem er sich für einen der Briefe entschieden hatte, verlangte er die Hand der Prinzessin, und niemand konnte sie ihm verwehren!

»Wie hatte sich Alvarez an die Spielregeln gehalten, und trotzdem die Hand der Prinzessin gewonnen?« fragte Professor Fordney seine Gäste.

Eine alte spanische Sitte – Die Lösung:

(Zur Lektüre der Lösung bitte einen Spiegel unterhalb dieser Zeilen auf die Seite setzen und leicht nach vorne neigen.)

Alvarez hatte den Betrug vorhergesehen und beschlossen, ihn mit einem Gegenbetrug zu kontern. Er wußte, daß es sich der König nicht leisten konnte, vor aller Augen sein Versprechen zu brechen. Also nahm er einen der beiden Briefe, hielt ihn triumphierend in die Höhe und rief: »In diesem Brief steht, daß ich gewonnen habe!« Danach warf er ihn ins Feuer. Dann wandte er sich an die Zuschauer und sagte: »Wer meinen besonderen Gaben nicht glaubt, möge zum Beweis den anderen Brief öffnen.« Als man den anderen Brief öffnete und erkannte, daß es eine Niete war, mußte man ihm allseits rechtgeben.

23

Der Professor wundert sich

Es ist eine große Schwäche der Menschen, daß sie häufig nicht mit sich selbst übereinstimmen.

– Addison

Der Professor wundert sich

Teufel! Was für ein Nebel«, schimpfte Hale Spencer, während ihm sein Diener Dodge den feuchten Mantel abnahm. »Mußte zu Fuß vom Club bis hier gehen ... war einfach kein Taxi zu bekommen. Habe mich zweimal verlaufen ... man konnte die Hand nicht vor den Augen sehen. Schaff mir Billings ans Telefon, Bradwell ist ...«

»Verzeihung, Sir, Sie haben Besuch«, unterbrach ihn der Butler. »Ein Professor Fordney ...«

»Hallo, Spencer«, begrüßte ihn der Kriminologe. »Ich habe zufällig Ihre kleine Konversation mitangehört. Als geborener Londoner sollte Ihnen doch das Wetter nichts ausmachen!«

Spencers Gesicht zeigte deutlich, daß er nicht allzu begeistert von diesem überraschenden Gast war, trotzdem machte er gute Miene zum bösen Spiel und bat Fordney auf einen Drink in den Salon. Dort erfuhr er den Grund für Fordneys Besuch.

Scotland Yard hatte den Verdacht, daß Spencer in die dunklen Geschäfte einer Fälscherbande verwickelt war, und man hatte Fordney gebeten, sich mit Spencer einmal zu unterhalten. Vielleicht konnte er mit seinem subtilen Verstand dabei mehr erfahren, als die Polizei bei einem offiziellen Verhör.

»Übrigens sollte Bradwell als Kopf des Fälscherrings verhaftet werden, doch heute nachmittag wurde er ermordet«, bemerkte Fordney beiläufig.

»Ja, ich weiß. Als ich auf dem Heimweg vom Club an einem Zeitungsstand vorbeikam, habe ich die Schlagzeile gelesen. Aber glauben Sie mir, Professor, der Yard irrt sich hier! Bradwell besaß ein völlig legales Geschäft auf der Tottenham Court Road. Ich selbst habe bei ihm einige Antiquitäten gekauft.«

»Ist das eines der Stücke?« erkundigte sich Fordney und deutete auf einen Sessel.

»Eh, ja. Wieso?«

Auf dem Rückweg zur Zentrale von Scotland Yard saß der Professor sinnend im Fond eines Taxis. »Antiquitäten. Hmmm ...« murmelte er. »Komisch, daß ein so schlauer Bursche wie Spencer versucht, mir eine so dumme Lüge aufzutischen.«

Was meinte der Professor damit?

Der Professor wundert sich – Die Lösung:

(Zur Lektüre der Lösung bitte einen Spiegel unterhalb dieser Zeilen auf die Seite setzen und leicht nach vorne neigen.)

Spencer hatte berichtet, der Nebel sei so dicht gewesen, daß er »nicht die Hand vor den Augen sehen« konnte. Trotzdem wollte er im Vorbeigehen die Schlagzeile von Bradwells Ermordung gelesen haben.

24

Eines Dienstags im Hörsaal

Die Zeit, der Narr am Hof des Menschen.

– Peacock

Eines Dienstags im Hörsaal

Professor Fordney strahlte vor Vergnügen, als er den Hörsaal der Universität betrat.

»Nun, meine Damen und Herren«, wandte er sich an die angehenden Kriminologen, »erinnern Sie sich noch an die Aufgabe, die ich ›Bomber‹-Tim auf seiner Silvesterparty gestellt habe? Ich wollte damals den Wochentag von einem bestimmten Datum wissen. Niemand von Ihnen konnte meine Frage beantworten, und ich habe den Eindruck, als ob einige auch heute noch nicht wissen, wie man die Sache anpackt ...«

Vierzig Augenpaare richteten sich auf die leise quietschende Tür des Hörsaals. Eigentlich hatte sich Altsemester Fred Bugatzki ganz unauffällig auf seinen Platz schleichen wollen, doch nun sah er sich plötzlich im Zentrum des allgemeinen Interesses.

»... deshalb möchte ich Ihnen heute Gelegenheit geben, Ihre Ehre wiederherzustellen«, fuhr der Professor ungerührt fort. »Ich weiß, daß in diesem Raum die verschiedensten Religionsgemeinschaften vertreten sind. Zweifellos handelt es sich bei Jesus Christus um eine der außerordentlichsten Persönlichkeiten der Weltgeschichte. Wieviel ist nicht über ihn gesagt und geschrieben worden. Ich möchte Ihnen eine Frage stellen, die mit Religion im engeren Sinne freilich nichts zu tun hat.

Sie alle kennen den Unterschied in der Zeitrechnung zwischen ›vor Christi Geburt‹ und ›nach Christi Geburt‹. Mit so etwas Simplem möchte ich Sie nicht belästigen. Was ich von Ihnen wissen will ist: An welchem Tag wurde Jesus Christus geboren. Natürlich ist mir klar, daß das Weihnachtsfest stets am 25. Dezember gefeiert wird. Ich möchte von Ihnen den *Wochentag* seiner irdischen Geburt wissen.«

Wissen Sie die Antwort?

Eines Dienstags im Hörsaal – Die Lösung:

(Zur Lektüre der Lösung bitte einen Spiegel unterhalb dieser Zeilen auf die Seite setzen und leicht nach vorne neigen.)

Sämtliche Theologen sind sich einig, daß niemand genau sagen kann, wann Jesus tatsächlich geboren wurde.

25

Detective Tom Monahan

So lernte ich, daß Welpen zu Hunden und Geißlein zu Ziegen werden, und ich gewöhnte mich daran, kleine Dinge mit großen zu vergleichen.

– Virgil

Detective Tom Monahan

Sie meinen also, daß sich Tom Monahan selbst getötet hat?« fragte Professor Fordney und sah auf den Toten herab, mit dem er früher einige Male zu tun gehabt hattte. Er musterte die ausgebeulten Knie des Anzugs, die breiten, abgelatschten Schuhe und die scheußliche Wunde in seiner Brust.

»Warum sollte er das getan haben?«

»Nun«, antwortete Lieutenant Stevens gedehnt, »kurz nach dem Tod seiner Frau ist Monahan, der wirklich ein großartiger Fahnder war, vom Lieutenant zum Sergeant degradiert worden. Einige Beweise aus einem Fall, den er bearbeitete, waren verschwunden. Ich glaube nicht, daß er etwas damit zu tun hatte, aber da oben« – Stevens blickte zur Decke – »war man anderer Meinung, und er wurde degradiert. Beides zusammen scheint zu viel für ihn gewesen zu sein. Er wurde bösartig und melancholisch, und dann hat er offenbar beschlossen, der ganzen Sache ein Ende zu machen.«

»Wie ist es denn passiert?« fragte Fordney.

»Soweit ich sehe, lehnte er das Gewehr gegen die Wand und preßte den Lauf gegen seine Brust. Auf dem Lauf haben wir klar seine Fingerabdrücke entdeckt. Dann löste er das Gewehr mit dem Fuß aus und war sofort tot.«

Fordney untersuchte noch einmal die Wunde. »Wann ist seine Frau gestorben?« wollte er wissen.

»Vor etwa sieben Monaten.«

»Und wann wurde er degradiert?«

»Im Dezember, also vor etwa *drei* Monaten«, antwortete Stevens.

»Hmmm«, murmelte der Professor, »reichlich komisch, daß ein Mann, der sich umbringen will, sich in seiner Wohnung den Hut aufsetzt, was?«

»Nun ... ja ... schon ...«

»Tom Monahan hat sich nicht umgebracht«, erklärte Fordney mit Bestimmtheit. »Er wurde ermordet!«

Wie kam der Professor darauf?

Detective Tom Monahan – Die Lösung:

(Zur Lektüre der Lösung bitte einen Spiegel unterhalb dieser Zeilen auf die Seite setzen und leicht nach vorne neigen.)

Fordney wußte, daß Tom Monahan sich nicht selbst erschossen hatte, weil er mit seinen »breiten, abgelatschten Schuhen« unmöglich den Abzug des Gewehrs hätte betätigen können. Es stellte sich später heraus, daß Monahan von einem Mann erschossen wurde, dem er in einer anderen Mordsache schon lange auf den Fersen war.

26

Der Deserteur

Denn das Heer ist eine Schule, in der die Geizigen großzügig und die Großzügigen verschwenderisch werden. Und die paar Geizhälse unter den Soldaten sind ganz seltene Ungeheuer.

– *Cervantes*

Der Deserteur

»Herein!« rief eine kraftlose Frauenstimme, nachdem Professor Fordney an die Tür der ärmlichen Baracke geklopft hatte. Der Professor öffnete die Tür und trat in den unmittelbar dahinter liegenden Wohnraum. Obwohl mit nur wenigen Möbelstücken versehen, die zudem in recht kläglichem Zustand waren, wirkte er doch sauber und aufgeräumt. Mrs. Clank lag auf einer Art Liege. Als Fordney den Raum betrat, richtete sie sich halb auf.

»Was wollen Sie?« fragte sie verärgert.

Der Kriminologe schloß hinter sich die Tür. Dann ging er zum Kamin und rieb seine Hände über den knackenden Holzscheiten. Er ergriff eine Pfeife, die auf dem Kaminsims lag, und drehte sich um.

»Ich bin sicher, Sie wissen, warum ich hier bin«, sagte er sanft. Er hatte Mitleid mit der Frau. Ihr einziger Sohn war vor Jahren aus der Armee desertiert; seit dieser Zeit lebte sie dieses Einsiedlerdasein und weigerte sich, noch irgendetwas mit der Welt zu tun zu haben. Für sie war es ein schlimmer Schicksalsschlag gewesen.

»Um zwei Uhr heute nachmittag haben die zuständigen Stellen erfahren, daß Ihr Sohn gestern hier war«, fuhr Fordney fort. »Gestern abend hat es im Ort einen Überfall gegeben, und man vermutet ...«

»Mein Sohn ist kein Gewalttäter! Vielleicht ist er ein Deserteur, aber das nicht! Außerdem ist er gar nicht hier gewesen ...« Erschöpft sank sie auf das Kopfkissen zurück.

Der Professor eilte zum Wasserkrug, doch der war leer. Ratlos schaute er sich um.

»Es geht mir gut, machen Sie sich keine Sorgen ...« sagte die Frau mit schwacher Stimmme. »Seit gestern abend bin ich nicht mehr aus dem Bett gekommen. Sie sehen ja, daß ich allein bin.«

»Ich werde Ihnen etwas Wasser holen«, sagte Fordney freundlich und ging mit dem Krug nach draußen. Während er die Pumpe bediente, entdeckte er im Schnee vor dem Haus einige kräftige Fußabdrücke.

»Es tut mir leid, Mrs. Clank, aber ich kann Ihre Geschichte nicht glauben«, sagte er ruhig, nachdem er der Frau zu trinken gegeben hatte.

Warum war der Professor so mißtrauisch?

Der Deserteur – Die Lösung

(Zur Lektüre der Lösung bitte einen Spiegel unterhalb dieser Zeilen auf die Seite setzen und leicht nach vorne neigen.)

Mrs. Clank gab an, seit »gestern abend« nicht mehr aus dem Bett gekommen zu sein. Trotzdem brannte am Nachmittag des folgenden Tages – es war nach 14.00 Uhr – ein knackendes Feuer. Mrs. Clanks Sohn hatte sich unter der Liege versteckt, wo Fordney ihn schließlich entdeckte. Es stellte sich später heraus, daß er mit dem Überfall nichts zu tun hatte.

27

Es geschah am hellichten Tag

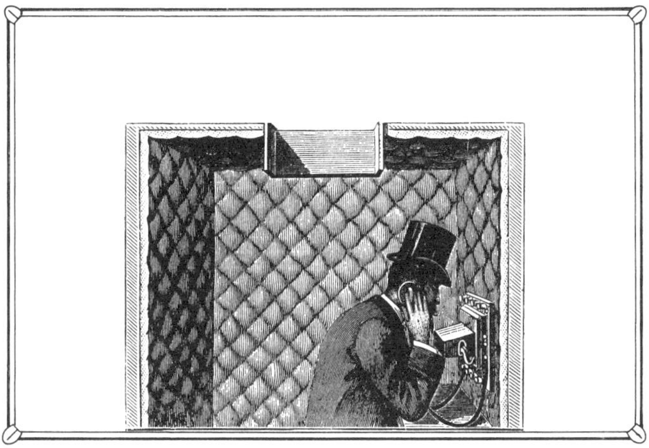

... insofern Übeltaten so spontan wie Unkraut entstehen, sind sie leicht zu verstehen.

– Cervantes

Es geschah am hellichten Tag

Umständlich stieg Professor Fordney über die Beine des Toten, der den Eingang zur Telephonzelle blockierte. Er nahm den Hörer von der Gabel, warf eine Münze ein und wählte die Nummer des Morddezernats. Bis auf das Rufzeichen war es totenstill im Tabakladen. Endlich meldete sich jemand.

»Hallo, Morddezernat?... Geben Sie mir Inspector McFee ... Charlie? ... Gerade ist ›Pokerface‹ Hamlin erschossen worden, und zwar in dieser Telefonzelle ... Auf der Bleeker Street, gegenüber von Rosy's Bar ... Ja, ich werde warten.«

»Was, zum Teufel, treiben Sie denn hier?« fragte McFee, während er die Serie von Einschüssen in der Wand betrachtete.

»Wieso ... Ich kam nur zufällig hier vorbei«, antwortete Fordney.

Der Inspector ließ seinen Blick über den von Kugeln durchsiebten Körper, der auf dem Boden des schäbigen Tabakladens lag, gleiten. Pazzaro, der Inhaber des Geschäfts, war bei McFees Anblick regelrecht in sich zusammengesunken.

»Diese Mann, eh, wolle telephoniere«, stammelte er mit aufgeregten Armbewegungen. »Hatte vill Angst, immer gucken auf Tür. Ich ihn beobachte, hatte vill Angst.« Pazzaro schien etwas mutiger geworden zu sein. »Er spreche mit andere Mann, sagen: Eddie, die sind hinter mir her! Wieder gucken auf Tür. Kommen wieder andere Mann mit Maschinenpistole in mein Lade, haben Tuch vor die Gesicht und schieße, schieße, ville Mal schieße, rattatatatata...«

»Schon gut«, unterbrach ihn McFee, »ich weiß, wie sich eine Maschinenpistole anhört. Und dann?«

»Nixe und dann. Der ander Mann schreie: Eddie, Eddie ... Dann mit die Hand greife seine Magen und fällte um. Tott.« Pazzaro wischt sich den Schweiß von der Stirn.

»Haben Sie hier irgendetwas angefaßt?« fragte der Kriminalbeamte und musterte ihn streng.

»Oh, no, no, no«, Pazzaro schüttelte den Kopf. »Gerade ist Mann mit die Pistole verschwunde, kommen diese Mann«, er zeigt auf Professor Fordney, »und rufe Polizei«.

»Ich wünsche, ich wäre zwei Minuten früher gekommen«, sagte Fordney grimmig. »Dann hätte ich gesehen, was wirklich passiert ist!«

Warum wollte der Professor Pazzaros Geschichte nicht glauben?

Es geschah am hellichten Tag – Die Lösung

(Zur Lektüre der Lösung bitte einen Spiegel unterhalb dieser Zeilen auf die Seite setzen und leicht nach vorne neigen.)

Angeblich wurde »Pokerface« Hamlin während des Telephonats erschossen. Pazzaro gab an, er hätte nach seinem Magen gegriffen und sei dann tot umgefallen. In so einer Lage hängt man nicht mehr den Hörer ordentlich auf die Gabel. Trotzdem war dies die Lage des Hörers, als der Professor das Morddezernat anrief.

28

Der geizige Kellner

Der Geschmack ist sozusagen das Mikroskop des Urteilsvermögens.

– Rousseau

Der geizige Kellner

Hallo, Kellner!« kommandierte Inspector Kelley. »Bringen Sie mir einen Salat ohne Haare!«

Mit spitzen Fingern näherte sich der so Angesprochene den grünen Blättern auf Kelleys Teller.

»Finger weg«, polterte der. »Ich will einen *neuen* Salat!«

Professor Fordney kicherte über den Zorn seines Freundes. »Das erinnert mich an eine schöne Geschichte«, schmunzelte er. »Vor einigen Jahren war ich zu Gast bei Dr. Wegmann in Wien. Einmal ging er mit mir zum Dinner in sein Lieblingsrestaurant, das Café Klinik. Das Essen war vorzüglich, doch als wir den Kaffee bekamen, mußte Wegmann feststellen, daß in seinem eine Fliege schwamm.«

»Was soll denn daran so komisch sein?« knurrte Kelley. »Dafür braucht man nicht nach Wien zu fahren.«

»Warten Sie ab, lieber Freund. Wegmann wußte, daß die geizigen Wiener sehr ungern etwas wegwarfen. Daher schärfte er dem Kellner ein, ihm unbedingt einen neuen Kaffee zu bringen, und nicht bloß die Fliege aus dem alten zu fischen. Kurz darauf kam der Kellner mit einem neuen Gedeck zurück, doch der Inhalt war offensichtlich derselbe!

Wegmann erregte sich einigermaßen, der Kellner versuchte einige Ausreden, doch mein Kollege sagte ihm auf den Kopf zu, daß er ihm denselben Kaffee zweimal serviert hatte. Also nahm der Kellner das Gedeck wieder mit und brachte danach tatsächlich einen neuen Kaffee. Die ganze Szene war sehr komisch. Er muß geglaubt haben, daß Wegmann mit übersinnlichen Kräften ausgestattet war. Neulich schrieb mir mein Kollege, daß er noch heute dort mit besonderer Sorgfalt bedient wird.« Fordney kicherte bei der Erinnerung an jenen Abend.

»Ich sehe nicht, wie Ihr Freund so sicher sein konnte«, brummte Inspector Kelley und untersuchte mißtrauisch die Salatportion, die der Kellner gerade vor ihm abgestellt hatte.

Haben Sie keine Ahnung, woher Dr. Wegmann wußte, daß ihm derselbe Kaffee zweimal serviert worden war?

Der geizige Kellner - Die Lösung:

(Zur Lektüre der Lösung bitte einen Spiegel unterhalb dieser Zeilen auf die Seite setzen und leicht nach vorne neigen.)

Beim ersten Mal hatte er schon Zucker hineingetan.

29

Mord in der Manege

Ursache und Wirkung sind die Minister Gottes.

– Emerson

Mord in der Manege

Jahrelang hatte Fofo, der kurzbeinige, rundlich gebaut Clown mit seinem Partner Tregar zusammengearbeitet. Tregar war lang und dürr. In der Manege trug er ein enganliegendes schwarzes Kostüm, auf das ein sehr realistisch wirkendes Skelett gemalt war. Einzig seine Augen steckten nicht in der schwarzen Hülle, und wer ihm außerhalb der Manege begegnete, konnte sich beim Anblick dieses Klappergestells schon gehörig erschrecken. Der Tod und der Clown.

Jetzt war es umgekehrt. Fofo lag tot am Boden. Nach einem ersten Blick auf die in der Schminke am Hals deutlich erkennbaren Spuren glaubte Professor Fordney, daß er gewürgt wurde, obwohl er auch eine Stichwunde in der Herzgegend aufwies. Der Zirkusdirektor hatte Tregar überrascht, wie er neben der Leiche kniete, und ihn festgehalten, bis die Polizei eintraf. Ein Motiv hatte er auch schon parat.

»Tregar war eifersüchtig, weil Fofo beim Publikum viel beliebter war als er«, erklärte er.

Fordney sah Tregar an, der nachdrücklich seine Unschuld beteuerte. Beide hatten die Manege gleichzeitig verlassen und steckten noch in ihren Kostümen. Tregars Aufzug mußte recht neu sein, überlegte der Professor, denn er war makellos sauber, nicht einmal der kleinste Blutspritzer war zu sehen. Konnte er dem anderen den Stich versetzt haben, ohne einen Blutspritzer abzubekommen? Schwierig, aber nicht unmöglich.

»Ich glaube, die alte Vogelscheuche hat's getan, Joe«, flüsterte Inspector Petty hinter vorgehaltener Hand. »He, Sie«, zu Tregar gewandt, »ziehen Sie mal Ihr Kostüm aus, aber ein bißchen plötzlich!« Die Augen hinter den Löchern der Maske starrten furchtsam.

»Der Kerl hat Angst«, murmelte Petty wieder.

»Ich weiß, daß Sie Tregar verdächtigen«, sagte Fordney leise, aber ich glaube, daß Sie sich irren. Vergessen Sie nicht, Fofo war ein *Clown* und Tregar ein *Skelett*!«

»Was soll das denn wieder heißen?« fragte der Inspector verblüfft und vergaß ganz, daß er eigentlich flüstern wollte.

Wieso glaubte Fordney nicht an Tregars Schuld?

Mord in der Manege – Die Lösung:

(Zur Lektüre der Lösung bitte einen Spiegel unterhalb dieser Zeilen auf die Seite setzen und leicht nach vorne neigen.)

Bis auf die Augen war Tregar vollständig von seinem Kostüm umhüllt, das im übrigen »makellos sauber« war. Hätte er den stark geschminkten Clown gewürgt, dann hätten sich Spuren der Schminke an seinen Händen finden müssen.

Andrerseits war der Zirkusdirektor eifrig bemüht, Tregar zu beschuldigen. Deshalb beschloß Fordney, sich als nächstes einmal um dessen mögliches Mordmotiv zu kümmern.

30

Neues aus dem Hauptseminar

Der normale Menschenverstand ist etwas sehr Seltenes.

– Horace Greeley

Neues aus dem Hauptseminar

Vor einiger Zeit hatte ich ein Erlebnis, das Sie interessieren dürfte«, erzählte Fordney seinen gespannt aufblickenden Studenten. »Zusammen mit meinem Freund George Carlson befand ich mich auf einem Angelurlaub im Süden des Landes. Keiner von uns war zuvor in dieser Gegend gewesen. Eines Tages kamen wir mit unserem alten Ford in das Städtchen Dearborn. Während wir die Hauptstraße entlangfahren, sehen wir, wie drei Männer aus der Bank gerannt kommen, in ihr Auto springen und davonrasen.

Wir halten an und erfahren, daß die drei gerade die Bank überfallen und 80 000 Dollar erbeutet haben. Wir beschließen sofort, die Verfolgung aufzunehmen und stürzen zu unserem Wagen. Ein Kassierer ruft uns noch nach, daß die drei vermutlich in Richtung Jonesville fliehen werden, weil sich da verschiedene Schnellstraßen kreuzen.

Zwei Meilen hinter der Stadt können wir plötzlich in einiger Entfernung das Fluchtauto erkennen, aber wir kommen einfach nicht näher ran, weil unser alter Ford zu langsam ist. Schließlich verlieren wir die Gangster ganz aus den Augen. Zwei Meilen weiter kommen wir zu einer Straßenkreuzung. Mitten auf dem Asphalt liegt der Pfahl mit den vier Wegweisern: Jonesville, Rawley, Dearborn und Hastings. Die Gangster hatten ihn herausgerissen, um uns abzuschütteln. Was sollten wir nun machen?

Mein Freund Carlson kratzt sich am Kopf und meint: ›Verdammt, jetzt haben sie uns wirklich reingelegt. Wir hätten wirklich nicht ohne Straßenkarte losfahren sollen. Ich habe so eine Ahnung, als ob wir hier links abbiegen sollten!‹

›Einen Augenblick, George‹, antworte ich ihm. ›Wir brauchen nicht zu raten, ich *weiß*, wie wir fahren müssen.‹

Mein Freund Carlson guckte ziemlich verblüfft. ›Wie willst du das denn feststellen?‹

Ich brauchte nur einen Augenblick, dann war meine Überprüfung abgeschlossen. Übrigens haben Reifenspuren mit der Sache nichts zu tun.«

Woher wußte ich, welche der vier Straßen nach Jonesville führte?

Neues aus dem Hauptseminar – Die Lösung:

(Zur Lektüre der Lösung bitte einen Spiegel unterhalb dieser Zeilen auf die Seite setzen und leicht nach vorne neigen.)

Ganz einfach! Fordney wußte natürlich, daß er gerade aus Dearborn kam. Also stellte er den Pfahl so auf, daß der entsprechende Wegweiser dorthin zeigte, woher sie gerade gekommen waren. Jetzt stand der Pfahl in der richtigen Position und gab zuverlässig die Richtung von Jonesville an. Sagen Sie mir nicht, daß Sie das wieder nicht rausgekriegt haben!

31

Der Tod fährt mit

Zahllose Straßen führen von überallher ins Grab.

– Cicero

Der Tod fährt mit

Taxifahrer Brown deutete aufgeregt auf den Toten, der kerzengerade auf dem Rücksitz seines Wagens saß: »Der Kerl da stand vor dem Hotel Central und unterhielt sich mit 'ner Dame, als ich vorfuhr und einen Fahrgast ablieferte. Ich war schon fast wieder weg, da ruft er und sagt, ich solle ihn vor die Stadt zum Friedhof von Burlington bringen. Ich kenne den *kürzesten* Weg dahin, aber die Braut, mit der er da stand, meinte, ich sollte über die alte Straße fahren. Ich sage: ›Das ist aber 'n Stückchen länger.‹ Aber er sagt: ›Macht nichts, ist schon in Ordnung so.‹ Dann küssen sich die beiden, sie macht von außen die Tür zu, winkt nochmal, und wir brausen los.«

»Und was passierte dann?« erkundigte sich Fordney. Er hatte sich gerade von seinem Freund Inspector Kelley verabschieden wollen, als der Taxifahrer mit seiner leblosen Fracht vorgefahren war.

»Ich schwöre bei Gott, Mister, ich habe keine Ahnung, wie er das Messer zwischen die Rippen bekommen hat. Ich habe kein einziges Mal angehalten, die meisten Ampeln sind nachts sowieso abgeschaltet, und ich habe 'n bißchen Gas gegeben, weil das meine letzte Fuhre für heute sein sollte.« Brown sah ehrlich entsetzt aus.

»Ich komme am Friedhof an, drehe mich um, und sehe, daß er ein Messer in der Brust stecken hat!«

»Was haben Sie dann gemacht?« Diesmal war es Kelley, der seine Ungeduld nicht zügeln konnte.

»Nichts, Mister. Hab nur seinen Puls gefühlt, und dann bin ich so schnell wie möglich nach hier zum Polizeihauptquartier gerast. Ich wußte sofort, daß er tot war. Hab in meinem Leben schon genug Tote gesehen. Fragen Sie mich nicht, wie er das Messer abbekommen hat! Vielleicht hat er sich selbst erstochen?« Brown schien von dieser Hypothese selbst nicht ganz überzeugt.

»Wie sah die Dame aus?« wollte Fordney wissen.

»Klein und mager ... dunkle Haare ... ganz hübsch ...«

»Und der Fahrgast, den Sie vor dem Hotel ablieferten, war das ein Mann oder eine Frau?«

»Ja ...«, antwortete Brown gedehnt, »eine alte Dame war das.«

»Warum lügen Sie uns an, Brown?« unterbrach ihn Fordney.

»Ich, Mister? Lügen?...«

»Schluß mit dem Theater!« bellte Inspector Kelley. »Wir wollen jetzt endlich die Wahrheit hören!«

Warum wirkte Browns Geschichte etwas unglaubwürdig?

Der Tod fährt mit – Die Lösung:

(Zur Lektüre der Lösung bitte einen Spiegel unterhalb dieser Zeilen auf die Seite setzen und leicht nach vorne neigen.)

Es ist äußerst unwahrscheinlich, daß ein Toter kerzengerade auf dem Rücksitz sitzt, nachdem der Wagen »so schnell wie möglich« durch die Stadt gefahren ist.

32

Geisterstunde

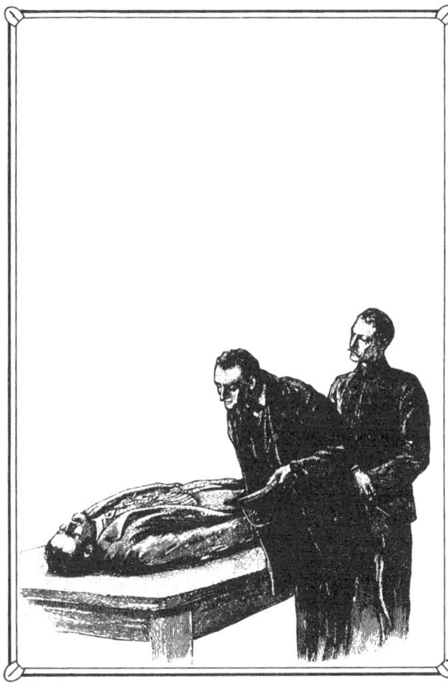

Die gefährlichsten Feinde sind jene, bei denen wir es nicht vermuten.

– Rojas

Geisterstunde

Einen Moment noch!« Professor Fordney zerrte das Bettlaken unter dem tot daliegenden Oscar Winslow hervor und bemerkte zweierlei: Das Einschußloch etwa fünf Zentimeter neben dem unteren Saum wies keinerlei Schmauchspuren auf, und der Tote machte selbst jetzt, etwa zwei Stunden, nachdem ihn eine Kugel mitten in die Stirn getroffen hatte, ein äußerst erstauntes Gesicht.

»Erzählen Sie«, befahl Fordney. Jetzt war er bereit zuzuhören.

»Wir drei, das heißt, Oscar, Bob Wright hier und ich selbst, sind erst vor zwei Tagen in dieses Haus gezogen, um hier den Sommer zu verbringen«, begann Johnson.

»Auf wessen Namen ist das Haus gemietet?« forschte der Professor.

»Auf meinen«, antwortete Wright. »Ich habe es zufällig entdeckt ...«

»Hmmm. Fahren Sie bitte fort, Mr. Johnson.«

»Nun, bevor wir heute abend zu Bett gingen, sagte Bob, in jedem dieser alten Landhäuser gäbe es ein Gespenst. Ich selbst glaube zwar nicht an Gespenster, aber die Idee machte mich doch ein bißchen nervös ... Das war schon immer so.« Die winzigen Schweißperlen auf Johnsons Stirn unterstrichen seine Glaubwürdigkeit zumindest in diesem Punkt. »Ich sagte dann, ich würde auf jedes Gespenst schießen, das mir über den Weg lief. Die beiden anderen lachten und meinten, mit einem Revolver sei ein richtiges Gespenst nicht zu erschrecken. Außerdem wußten sie ja, daß mein Revolver prinzipiell nur mit Platzpatronen geladen ist.«

Wright hüstelte verlegen.

»Ich wollte mich gerade ins Bett legen, als es leise an meiner Schlafzimmertür kratzte. Ich nahm meine Waffe und riß die Tür auf. Da sah ich, wie diese Gestalt auf die Treppe zuging und sich noch einmal umdrehte. Sie war in dieses Laken gewickelt, der Kopf war völlig bedeckt, und das Tuch flatterte ihr um die Schultern. Ich war sofort schweißgebadet. Ich schoß. Bob kam aus seinem Zimmer gerannt. Mein Gott! Ich verstehe das nicht. Ich habe Oscar erschossen. Jemand muß heimlich meinen Revolver mit scharfer Munition geladen haben ...«

»War das Fenster neben der Treppe geschlossen oder nicht?« unterbrach Fordney

»Es stand offen«.

»Das genügt, Mr. Johnson. Ich bin sicher, daß wir es hier mit *vorsätzlichem Mord* zu tun haben!«

Warum glaubte der Professor an Mord?

Geisterstunde – Die Lösung:

(Zur Lektüre der Lösung bitte einen Spiegel unterhalb dieser Zeilen auf die Seite setzen und leicht nach vorne neigen.)

Das Einschußloch im Laken sagte dem Professor, daß Winslow, vermutlich von einem seiner Freunde, ermordet wurde. Das Loch lag etwa fünf Zentimeter neben dem Saum des Tuches. Winslow war durch einen Schuß in die Stirn erschossen worden. Johnson gab an, das Laken hätte um Winslows Schultern geflattert. Wenn es sich aber so zugetragen hätte, wie Johnson erzählte, dann hätte das Einschußloch beträchtlich weiter als fünf Zentimeter neben dem Lakensaum liegen müssen. Hier hatte der Mörder einen argen Fehler begangen.

33

Der Fall Trevon

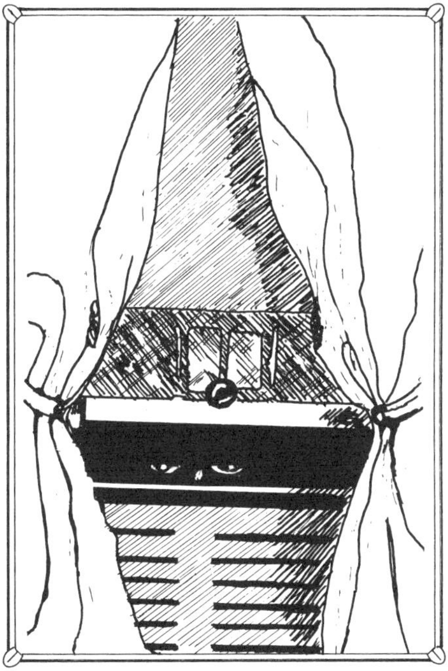

So klar und deutlich wie eine Nase im Gesicht.

– Burton

Der Fall Trevon

Officer Weaver ließ sich neben den Füßen des Toten vor dem offenen Safe auf die Knie nieder. Er nahm den Revolver von dem durchwühlten Papierstapel im Innern des Safe und begann, die Geschäftspapiere und Urkunden durchzusehen. Mit triumphierendem Blick wandte er sich zu Professor Fordney um und reichte ihm ein Blatt.

»Hier haben wir das Motiv für seinen Selbstmord«, sagte er. »Eine Benachrichtigung über die Pfändung seines gesamten Besitzes! Und dabei hielt ihn jeder für den reichsten Geschäftsmann in der Gegend. Das ist auf jeden Fall eine Überraschung!«

»Zweifellos«, murmelte Fordney und studierte die Verfügung, die ihm Weaver gegeben hatte.

Der leblose Körper des auch in der Politik einflußreich gewesenen Mark Trevon lag ausgestreckt auf einem der schweren Perserteppiche, die den Boden seines gediegen eingerichteten Arbeitszimmers bedeckten. Gesicht und Haare waren verschmiert von dem Blut, das aus der Wunde in seiner Schläfe gedrungen war. Auf dem Schreibtisch lag ein Abschiedsbrief an seine Frau, in dem Trevon versicherte, daß trotz seiner Fehlspekulationen für sie gesorgt sei. Daneben lag ein Flugticket nach Europa ...

Die Befragung der Hausangestellten ergab, daß sich Trevon am frühen Abend in seinem Arbeitszimmer eingeschlossen hatte. Obwohl es draußen sehr kalt war, war eins der Fenster halb geöffnet.

Auf Fordneys Arbeitstisch lag das Gutachten der Schußwaffenexperten. Die Kugel, die man aus Trevons Gehirn entfernt hatte, stammte eindeutig aus seinem Revolver. Mit einem Vergrößerungsglas untersuchte der Kriminologe das Flugticket mit seinen verschiedenen Stempeln. Er hätte keinen Eid geschworen, daß es mit Sicherheit *nicht* gefälscht war.

Es klopfte, und Jenkins, der Butler, brachte die Abendpost. Auf dem Silbertablett lag neben der Abendzeitung nur ein neutraler, etwas schmuddeliger Umschlag ohne Absender. Das war nicht der erste, aus Zeitungsbuchstaben plump zusammengeklebte Drohbrief, den der Professor in diesen Tagen erhalten hatte, und er wurde den Verdacht nicht los, daß der Urheber dieses Streiches unter seinen Studenten zu suchen war.

Fordney wandte sich der Zeitung zu. Die Schlagzeile verkündete: *Mark Trevon: Selbstmord!*

»Selbstmord? Dummes Zeug!« knurrte Fordney. »Trevon wurde eindeutig ermordet.«

Woher wußte er das?

Der Fall Trevon – Die Lösung:

(Zur Lektüre der Lösung bitte einen Spiegel unterhalb dieser Zeilen auf die Seite setzen und leicht nach vorne neigen.)

Die Kugel in Trevons Schädel muß seinen sofortigen Tod bewirkt haben. Trevon lag ausgestreckt mit den Füßen zum Safe. Trotzdem befand sich der Revolver im Innern des Safe. Bei einem Selbstmord konnte er unmöglich dort hineingeraten sein.

34

Scheidung auf Sizilianisch

Ich glaube, die höchste Weisheit besteht darin, seinen Mund zu halten.

– Cato

Scheidung auf Sizilianisch

Wer hat meine Frau erschossen?« schrie Carlo Benetti verzweifelt, so daß man es im ganzen Krankenhaus hören konnte. Er kam die Treppe hinaufgerannt und erblickte die Polizeibeamten vor der Tür des Operationssaals. Soeben hatte ihnen der Arzt mitgeteilt, daß die Frau nicht mehr zu retten gewesen war. »Wer war das?« schluchzte Benetti und verkrallte sich in Professor Fordneys Rockaufschläge.

»Einen Augenblick, Sir«, sagte der Professor ruhig und befreite sich. »Ich möchte Ihnen nur ein paar Fragen stellen, reine Routine, Sie wissen ja.« Benetti faßte sich wieder.

»Obwohl Sie vor sechs Monaten von Ihrer Frau geschieden wurden, haben Sie mit ihr im selben Haus gewohnt, nicht wahr?«

»Ja, das stimmt«, war die zaghafte Antwort.

»Gab es in letzter Zeit irgendwelche Streitigkeiten?«

»Nun ... Als ich ihr gestern sagte, ich müsse auf eine Geschäftsreise, drohte sie damit, sich umzubringen. Ich mußte ihr sogar eine Flasche Jod von den Lippen reißen, die sie trinken wollte. Meine Ex-Frau war immer schon ein bißchen hysterisch, wissen Sie. Es gelang mir, sie zu beruhigen, und als ich ihr so gegen sieben Uhr sagte, ich würde nun aus dem Haus gehen und über Nacht fortbleiben, wirkte sie ziemlich gefaßt und machte keine Einwände mehr.«

»Wann kamen Sie in die Stadt zurück?« fragte Fordney.

»Heute nachmittag. Ich rief sofort zuhause an, aber am Telephon war nur das Dienstmädchen.«

»Und was hat Ihnen das Dienstmädchen gesagt?«

»Sie war ziemlich aufgeregt«, antwortete Benetti. »Sie sagte: ›Oh, Mr. Benetti, man hat die arme Mrs. Benetti gerade ins St. Anna's Krankenhaus gebracht. Sie müssen sofort zu ihr fahren!‹ Sie heulte, und ich konnte nicht mehr aus ihr herausbekommen. Dann bin ich, so schnell es ging, nach hier gekommen. Wo ist meine Frau?«

»Die Schwester wird Ihnen alles erklären«, erwiderte der Professor. Inspector Kelley hatte ihrer Unterhaltung zugehört. Nachdem Benetti gegangen war, meinte er: »Merkwürdiger Fall, was? Ich verstehe diese Leute nicht. Ein Mann und eine Frau lassen sich scheiden und leben danach noch sechs Monate im selben Haus!«

»Sehr merkwürdig, allerdings«, seufzte Fordney. »Sie sollten Benetti verhaften. Wenn er seine Frau nicht selbst erschossen hat, weiß er bestimmt, wer es getan hat.«

Warum gab Professor Fordney dem Inspector den Rat, Benetti festzunehmen?

Scheidung auf Sizilianisch – Die Lösung:

(Zur Lektüre der Lösung bitte einen Spiegel unterhalb dieser Zeilen auf die Seite setzen und leicht nach vorne neigen.)

Das Dienstmädchen hatte Benetti am Telefon nicht gesagt, weshalb man ihre Herrin ins Krankenhaus gebracht hatte. Trotzdem war Benettis erster Ausruf: »Wer hat meine Frau erschossen?« Dieses Wissen konnte er nur haben, wenn er in den Mord verwickelt war.

35

Tödliche Briefmarken

Wer sich mit List an einer Stelle bedeckt, entblößt sich an einer anderen.

– Rochefoucauld

Tödliche Briefmarken

Als ich Mr. Fassbinder bewußtlos auf dem Teppich liegen sah, rief ich nach den Hausangestellten, aber offenbar war niemand sonst da. Also rief ich Mr. Fassbinders Hausarzt an und bat ihn, sofort zu kommen«, erklärte Thomas Guilmont. Seine aufmerksamen Zuhörer waren Professor Fordney und Detective Inspector Rigger von Scotland Yard.

»Waren Sie mit Fassbinder verabredet gewesen?« fragte Rigger.

»Ja. Sehen Sie, wir sind beide recht bekannte Philatelisten«, erklärte Guilmont ohne jede Spur von Eitelkeit. »Wir waren uns noch nie zuvor begegnet. Als er aus der Zeitung erfuhr, daß ich in London war, schrieb er mir und bat mich, drei besonders seltene Marken mitzubringen, für die er sich geschäftlich interessierte. Also bin ich ...«

»Wer hat Sie reingelassen?« unterbracht ihn der Detective Inspector.

»Der Butler. Er war bereits in Hut und Mantel und informierte mich, er habe etwas zu besorgen, und Mr. Fassbinder erwarte mich in der Bibliothek am Ende der Eingangshalle.«

Rigger wandte sich an den Hausarzt, der Fassbinder schon seit über zwanzig Jahren betreute. »War Fassbinder bereits tot, als Sie eintrafen?«

»Schon, allerdings erst wenige Minuten. Ich erkannte sofort die Symptome einer Vergiftung, allerdings war im Raum kein Glas und keine Flasche zu entdecken.«

»Wie lange haben Sie nach dem Anruf gebraucht, bis Sie hier waren?« warf der Professor ein.

»Nicht mehr als eine Viertelstunde, würde ich sagen«, erwiderte Dr. Barton.

»Darf ich einmal die Briefmarken sehen, die Sie mitgebracht haben«, wandte Fordney sich an den Sammler.

»Eh, nun ja, natürlich ...« stammelte der verblüfft und zog ein Kästchen aus seiner Rocktasche.

Schweigend untersuchte Professor Fordney einige Sekunden lang die Marken, dann sagte er mit grimmigem Unterton: »Rigger, ich denke, Sie sollten Mr. Guilmont so lange festhalten, bis er uns verrät, weshalb er uns eine so dumme Geschichte aufgetischt hat!«

Was war Guilmonts Fehler?

Tödliche Briefmarken – Die Lösung:

(Zur Lektüre der Lösung bitte einen Spiegel unterhalb dieser Zeilen auf die Seite setzen und leicht nach vorne neigen.)

Guilmont hatte gelogen. Angeblich hatte er Fassbinder, der bewußtlos auf dem Teppich lag, noch nie zuvor gesehen. Also hätte er unmöglich den Namen seines Hausarztes wissen können.

36

Neues aus dem Hörsaal

Die Zeit stiehlt sich davon, ohne einen zu belästigen.

– Montaigne

Neues aus dem Hörsaal

Eigentlich hatte ich für heute den Ihnen allen sicherlich bekannten Altertumsforscher Sir Josuah Beckwitz eingeladen, damit er uns etwas von seiner manchmal reichlich kriminalistischen Arbeit erzählen sollte«, begann Professor Fordney die Vorlesungsstunde. »Leider ist er verhindert, so daß Sie mit meiner Schilderung eines seiner Abenteuer vorlieb nehmen müssen.«

Fordney räusperte sich. »Vor wenigen Jahren ist es Beckwitz gelungen, ein bis dahin unbekanntes Pharaonengrab freizulegen. Dank seiner überragenden Kenntnis der Hieroglyphenschrift gelang es ihm zweifelsfrei, die Lebensdaten des altägyptischen Herrschers sowie das Datum seiner Thronbesteigung zu bestimmen.

Als Mann von sehr prononcierten wissenschaftlichen Ansichten und aufbrausendem Temperament, das ihn gelegentlich zu recht gewagten Thesen trieb, besaß Beckwitz nicht wenige Feinde. Eines Tages erhielt das British Museum nun also von ihm ein Telegramm, in dem es auszugsweise hieß: ›Habe Grabstätte eines bedeutenden Pharaos entdeckt, der von 1410 bis 1426 vor unserer Zeitrechnung regierte. Als er mit 42 Jahren starb, hinterließ er vierzehn Töchter und zwanzig Söhne. Wertvoller Goldschatz in der hinteren Grabkammer …‹ und so weiter, und so weiter.«

Ein kleiner Schluck aus dem Wasserglas gab Fordney Gelegenheit zu einer wirkungsvollen Kunstpause.

»Die Beamten des Museums waren zunächst reichlich verblüfft«, fuhr er fort. »Doch als sie die Botschaft eingehender studierten, kamen sie zu dem Schluß, daß es sich entweder um eine Fälschung oder um einen dummen Scherz handeln mußte. Eine Rückfrage beim Institut von Sir Beckwitz bestätigte die Richtigkeit ihres Verdachts. Was hatte die Beamten stutzig gemacht?«

In einer der hinteren Reihen legte Altsemester Fred Bugatzki grüblerisch seine Stirn in Falten, denn an Fragen der brieflichen Kommunikation hatte er schon immer ein besonderes Interesse gefunden.

Wissen Sie, was an der Meldung nicht richtig war?

Neues aus dem Hörsaal – Die Lösung:

(Zur Lektüre der Lösung bitte einen Spiegel unterhalb dieser Zeilen auf die Seite setzen und leicht nach vorne neigen.)

Die Museumsbehörde schöpfte Verdacht, weil die Zahlenangabe nicht korrekt war. Bei Zeitspannen vor Christi Geburt werden die Jahreszahlen in umgekehrter Reihenfolge geschrieben. Zum Beispiel: Pharao XYZ VI. lebte von 1551 bis 1471 v. Chr. Ein solcher Fehler wäre einem renommierten Altertumsforscher sicherlich nicht unterlaufen.

37

Der Reporter mit den Glacéhandschuhen

Die Menschen sind wie Schweizer Uhren mit einem Zifferblatt aus Glas, das den gesamten Mechanismus offenlegt.

– Emerson

Der Reporter mit den Glacéhandschuhen

Jerry Sullivan war unbestritten die Nummer Eins unter den Kriminalreportern der Stadt. Wegen seiner Vorliebe für Glacéhandschuhe wurde er in der Zeitungsszene allgemein »der Baron« genannt. Gerade durchstreifte – oder sollte man sagen: durchschnüffelte – er das ausgedehnte Parkgelände hinter dem Grundstück des Multimillionärs Walter Hammer. Am Vorabend war Wilson, der zwölfjährige Sohn des Börsenspekulanten, entführt worden.

Was blitzte da am Boden? Sullivan ließ sich auf die Knie nieder. Die Morgensonne hatte sich in den blinkenden Gläsern einer Brille gespiegelt, die halbverborgen im Gras lag. Es war eine Männerbrille. Der »Baron« beschloß, diesen Fund zunächst vor der Polizei zu verheimlichen. Vielleicht konnte er ihn einmal gegen eine interessante Information eintauschen.

Nach einem kurzen Anruf fuhr er zu seinem alten Freund Fordney, um mit ihm die Sache zu besprechen. Ihm erzählte er auch von seinen vertraulichen Informationen, nach denen Robert Pilter, ein leidenschaftlicher Vogelphotograph und Freund der Familie Hammer, in der letzten Nacht erst sehr spät nach Hause zurückgekommen sei. Pilters ständige Geldsorgen waren bekannt, und seine späte Heimkehr konnte, mußte aber nicht, etwas zu bedeuten haben.

Unter einem Vorwand lud der Professor den Hobbyphotographen zum Abendessen ein. Als er ihm nach dem Dinner ein Buch mit seltenen Vogelaufnahmen zeigte, bemerkte er, daß sich Pilter reichlich dicht über die Photographien beugte. Übergangslos zog Fordney die Brille aus der Tasche.

»Ist das Ihre Brille«, fragte er liebenswürdig.

»Oh ja, ich habe sie vor einer Woche draußen beim Photographieren verloren. Woher haben Sie sie?

»Das tut jetzt nichts zur Sache.« Fordneys Stimme klang plötzlich gar nicht mehr liebenswürdig. »Ich weiß, daß Sie in die Entführung verwickelt sind, und ich rate Ihnen, so schnell wie möglich das Versteck des Kindes zu verraten!«

Wieso war sich Fordney seiner Sache so sicher?

Der Reporter mit den Glacéhandschuhen – Die Lösung:

(Zur Lektüre der Lösung bitte einen Spiegel unterhalb dieser Zeilen auf die Seite setzen und leicht nach vorne neigen.)

Wenn Pilter die Brille tatsächlich vor einer Woche schon verloren hätte, wären ihre Gläser viel staubiger und schmutziger gewesen, als an dem Morgen, da Sullivan sie fand.

38

Der verschreckte Butler

»Ich versteckte mich in der alten Standuhr.«

Der verschreckte Butler

Constable Erman und Professor Fordney saßen in der Bibliothek des geräumigen Landhauses der Ragsdales. Gerade betrat Burton, der Butler, den Raum.

»Nun, Burton, erzählen Sie uns, was Sie von dem Einbruch gestern abend wissen«, forderte ihn der Polizeibeamte auf.

»Nun, Sir«, begann der Butler, »die Familie war ausgegangen, und das übrige Personal hatte sich bereits zu Bett begeben. Wie es meine Gewohnheit ist, begann ich um Viertel vor zwölf meine Runde, um sämtliche Fenster im ersten Stock zu schließen. Ich hatte gerade diesen Raum hier betreten, als ich ein dumpfes Poltern hörte. In meinem Alter ist man nicht mehr der mutigste, deshalb versteckte ich mich in der großen Standuhr dort hinter Ihnen.«

Erman und der Professor drehten sich um und begutachteten das schöne Erbstück. »Fahren Sie fort«, sagte der Beamte.

»Nun, Sir, kurz darauf kam eine maskierte Person, ich würde sagen ein Mann, in die Bibliothek geschlichen und machte sich am Safe zu schaffen. Der Einbrecher hatte vermutlich noch weitere Räume durchsucht, doch als die Uhr um Mitternacht zu schlagen begann, hat er sich wohl etwas erschrocken, denn er suchte unverzüglich das

Weite. Entschlossen, wenn auch mit größter Vorsicht, verließ ich mein Versteck und alarmierte die Polizei. Alles Weitere wissen Sie.«

»Haben Sie in der Zwischenzeit irgendetwas verändert?« wollte Erman wissen.

»Nein, Sir. Der Safe stand offen, so wie Sie ihn jetzt noch sehen.«

»Sagen Sie, Burton«, schaltete sich Fordney ein, »wie lange sind Sie schon bei den Ragsdales?«

»Knapp zwei Jahre, Sir.«

»Ich glaube nicht, daß es noch wesentlich mehr wird«, knurrte der Professor. »Ihre Geschichte ist reichlich unglaubwürdig!«

Was wollte der Professor damit sagen?

Der verschreckte Butler – Die Lösung:

(Zur Lektüre der Lösung bitte einen Spiegel unterhalb dieser Zeilen auf die Seite setzen und leicht nach vorne neigen.)

Wenn sich Burton tatsächlich in der Standuhr versteckt hätte, wäre ihr Pendel angehalten worden. Aber eine stehende Uhr fängt nicht zehn Minuten später zu schlagen an. Offenbar hatte Burton einen Grund für seine Lügengeschichte.

39

Fordney steigt auf

Der gesunde Menschenverstand ist
der Genius der Menschheit.
– Guigot

Fordney steigt auf

Um halb drei nachts stand Bernard Wilson vor der von innen verschlossenen Schlafzimmertür seines Bruders. Als der auch auf heftigstes Klopfen nicht antwortete, benachrichtigte Wilson beunruhigt die Polizei.

Eine knappe halbe Stunde später mußten Inspector Kelley und Professor Fordney einsehen, daß die massive Schlafzimmertür sich jeder gewaltsamen Öffnung widersetzte. Hastig wurde von außen eine Leiter angesetzt, und Fordney war der erste, der in das stockdunkle Zimmer eindrang. Nachdem er sich zum Lichtschalter vorgetastet hatte, entdeckte er den über seinem Schreibtisch zusammengebrochenen Mann.

Inspector Kelley wuchtete seinen massigen Körper durch die Fensteröffnung und fragte: »Was ist denn hier passiert, Joe?«

»Vergiftung«, antwortete Fordney. »Der Mann ist mindestens eine Stunde tot.«

»Oha!« entfuhr es Kelley, als er sich vorwärts beugte, um das unter den Händen des Toten liegende beschriebene Blatt zu untersuchen. Die letzten Worte waren nur noch undeutlich und mit erheblichem Druck auf den Bleistift gekritzelt worden, den die kalten Finger noch umklammert hielten.

»In der Tat, hier kann man genau die Wirkung des Gifts erkennen«, konstatierte der Inspector. »Der erste Teil des

Briefes ist ganz gerade geschrieben, während sich in den letzten Zeilen die Schrift plötzlich zu verkrampfen beginnt.«

Fordney warf einen flüchtigen Blick über die Schulter seines Kollegen, dann schloß er die Tür auf und eilte die Treppe hinunter. Wenig später hörte Kelley seine Stimme aus dem Garten.

»Was, zum Teufel, machst du da unten?« brüllte er.

»Ich suche nach einem zweiten Paar von Leiterabdrücken!«

»Um Himmels willen, weshalb? Du glaubst doch wohl nicht, daß er hier mit der Leiter raufgeklettert ist, um sich umzubringen?« Kelley verstand die Welt nicht mehr.

»Er wurde ermordet!« klang Fordneys Stimme aus den Büschen vor dem Haus.

Was war es, das Kelley übersehen hatte?

Fordney steigt auf – Die Lösung:

(Zur Lektüre der Lösung bitte einen Spiegel unterhalb dieser Zeilen auf die Seite setzen und leicht nach vorne neigen.)

Als Fordney durchs Fenster einstieg, war der Raum stockdunkel. Trotzdem hielt der Tote noch den Bleistift in der Hand, mit dem er bis zuletzt geschrieben hatte. Doch man schreibt nicht im Dunkeln, so daß Fordney annehmen mußte, daß da noch jemand anders seine Hand im Spiel gehabt hatte.

40

Sheriffs und Professoren

Ich besitze einen Blenheimer Hund mit hübschen langen Ohren und lustigem Wesen. Manchmal, wenn er übers Feld rennt, stolpert er und fällt auf seine Nase.

– *Ruskin*

Sheriffs und Professoren

»Kalt?! Menschenskind, Joe, du weißt ja gar nicht, was Kälte ist«, rief Sheriff Whitney, während Fordney seinem Besucher den Mantel abnahm. Sie waren alte Freunde, die einen guten Whisky und eine abenteuerliche Geschichte zu schätzen wußten.

»Du hättest dabeisein sollen, als ich mit meinen beiden Spürhunden den Kerl verfolgte, der nach einem Einbruch bei den Rileys mit 25 000 Dollar auf der Flucht war«, nahm er den Faden wieder auf, als sie vor dem knackenden Kaminfeuer saßen.

»Es war 18 Grad unter Null, aber die Hunde waren gut in Form und hingen mit ihrer Nase fest an der Spur! Nach etwa einer Meile waren nicht nur meine, sondern auch ihre Nasen vor Kälte eingefroren, aber ich trieb sie weiter, weil ich ziemlich scharf war auf die Belohnung. Ich konnte sie gut gebrauchen. Meine zwei Hunde waren wirklich großartig! Sie arbeiteten sich weiter durch den Schnee und folgten der Spur noch zwei Meilen bis zu einer kleinen Hütte, wo ich den Einbrecher im Schlaf überraschte. Das, mein Lieber, war mal wirklich 'ne kalte Nacht!« Zufrieden nahm der Sheriff einen Schluck aus dem Glas.

»Das will ich meinen, Sheriff. Was hatte der Einbrecher eigentlich am Tatort zurückgelassen, woran ihre Hunde die Spur aufnehmen konnten?« fragte Fordney freundlich.

»Ob Sie es glauben oder nicht: einen Handschuh!«

»Aber so ein alter Hase wie Sie hätte die Spur doch einfach an den Fußabdrücken im Schnee verfolgen können, Sheriff.« Whitney glotzte verdutzt.

»Unmöglich! Pechschwarze Nacht, absolut kein Mond«, erwiderte er energisch.

»Hmmm. Pechschwarze Nacht, was?« Fordney grinste verschmitzt.

Nachdem sein Gast gegangen war, saß Fordney noch eine Weile gutgelaunt vor dem Kamin. »Ich denke, der Sheriff glaubt, daß ich auf seine Räubergeschichte reingefallen bin«, dachte er bei sich. Und morgen erzählt er seinen ›Kumpels‹, wie er den alten Fordney veralbert hat. Ist schon ein Schlitzohr, der alte Whitney.«

Warum war Fordney von Whitneys Geschichte nicht überzeugt?

Sheriffs und Professoren – Die Lösung:

(Zur Lektüre der Lösung bitte einen Spiegel unterhalb dieser Zeilen auf die Seite setzen und leicht nach vorne neigen.)

Wenn einem Hund die Nase einfriert, kann er natürlich keine Geruchsspur mehr verfolgen. Da hatte der Sheriff wohl ein bißchen übertrieben.

41

Pension Paradiso

Dieser kahlköpfige Küster, der die Turmuhr aufzieht, mein alter Freund, die Zeit.

– Shakespeare

Pension Paradiso

Ich sagte Ihnen doch, der Kerl hat sich hier seit drei Tagen nicht mehr blicken lassen«, maulte Betty Klunk. Sie war die Inhaberin einer in schlechtem Ruf stehenden schäbigen Pension, und der ›Kerl‹ war Perlen-Paul, mit dem Inspector Kelley gern ein Wörtchen gewechselt hätte.

»In Ordnung!« donnerte der Inspector. »Dann wollen wir uns mal sein Zimmer anschauen.«

»Geht nich'. Er hat sich ein besonderes Schloß auf die Tür machen lassen, und ich hab keinen Schlüssel.« Betty Klunk war heute wirklich nicht in bester Laune, aber das war Kelley auch nicht.

»Ich werde schon reinkommen«, versprach er in einer Weise, die Betty keinen Zweifel an seiner Glaubwürdigkeit ließ. Leise vor sich hin schimpfend ging sie voran in den zweiten Stock und sah zu, wie Inspector Kelley die Tür aufwuchtete.

»Den Schaden zahlen Sie mir!« keifte Sie. »Vielleicht beeilen Sie sich mal was, ich hab auch noch andere Gäste, um die ich mich kümmern muß.«

»Tun Sie sich keinen Zwang an«, sagte Kelley. Ungerührt durchsuchte er das schmuddelige Zimmer. Das Bett war zerwühlt, ein billiger Reisewecker auf dem Nachttisch zeigte halb sechs. Systematisch suchte Kelley nach

Hinweisen, wo er Perlen-Paul finden konnte. Draußen wurde es dunkel, und Kelley machte Licht. Der Wecker zeigte sieben Uhr. Jetzt suchte er schon eine halbe Stunde und hatte nicht den geringsten Hinweis entdeckt! Wütend riß Kelley die Tür auf und brüllte nach der Wirtin. Als sie mürrisch die Treppe heraufgeschlurft kam, hatte sie Professor Fordney im Schlepptau, der gerade eingetroffen war.

»Jetzt hören Sie mal zu, Teuerste«, schnarrte Kelley. »Sie spucken sofort aus, wo Perlen-Paul steckt! Hier, das Waschbecken noch voll Wasser ... sein Rasierapparat, Rasierpinsel ... und hier die übrigen Paraphernalien!«

»Ich weiß von nichts«, sagte Betty störrisch. »Ich hab' den Kerl seit Tagen nicht mehr gesehen.«

»Nein? Ich werde Sie verhaften und mitnehmen. Vielleicht hilft das Ihrem Gedächtnis. Perlen-Paul ist gestern noch hier gewesen!«

Woher wußte Kelley, daß Madame Klunk nicht die Wahrheit sagte?

Pension Paradiso – Die Lösung:

(Zur Lektüre der Lösung bitte einen Spiegel unterhalb dieser Zeilen auf die Seite setzen und leicht nach vorne neigen.)

Weil der Wecker noch lief. Es war offensichtlich – die falschen Zeiten! – ein billiges Modell, das unmöglich drei Tage hintereinander laufen konnte, wenn es nicht in der Zwischenzeit aufgezogen wurde.

42

Neues aus dem Hörsaal

Die Mathematik kann man kurz definieren als die Wissenschaft von den Quantitäten. Sie ist eins der bedeutendsten Übungsfelder geistiger Disziplin.

– *Rufus Choate*

Neues aus dem Hörsaal

Meine Damen und Herren«, sagte Professor Fordney aufgeräumt. »Wir haben eine anstrengende Woche hinter uns. Darum möchte ich Ihnen zum Schluß eine leichte Denksportaufgabe stellen. Sie wissen ja, für einen Kriminologen ist nichts so wichtig wie ein allseits beweglicher Verstand! Bei der folgenden Aufgabe brauchen Sie nichts weiter, als die sparsamsten mathematischen Grundkenntnisse.

Also: Ein Automobiltestfahrer dreht auf der Teststrecke seine Runden. Zuerst fährt er mit seinem Wagen auf der ringförmigen Bahn eine Runde mit einer Geschwindigkeit von *zehn* Stundenkilometern. Danach beschleunigt er und fährt die zweite Runde etwas schneller, nämlich mit durchschnittlich *fünfzig* Stundenkilometern. Danach fährt er an der Box vor und läßt das Fahrzeug untersuchen. Es stellt sich heraus, daß sich nur eine Radmutter ein bißchen gelockert hatte. Übrigens trug der Fahrer einen knallroten Overall.« Professor Fordney schmunzelte.

»Was ich von Ihnen wissen möchte, ist folgendes: Was war seine Durchschnittsgeschwindigkeit für beide Runden zusammen? – Nein, die Länge der Teststrecke werde ich Ihnen nicht verraten. Sie haben drei Minuten Zeit!«

Los geht's. Testen Sie, ob auch in Ihnen das Zeug zu einem Kriminologen steckt – jedenfalls nach Professor Fordneys Maßstäben!

Neues aus dem Hörsaal – Die Lösung:

(Zur Lektüre der Lösung bitte einen Spiegel unterhalb dieser Zeilen auf die Seite setzen und leicht nach vorne neigen.)

Die Durchschnittsgeschwindigkeit beträgt 16⅔ Stundenkilometer.

Angenommen, die Bahn ist 50 Kilometer lang, dann braucht der Fahrer für die erste Runde 5 und für die zweite 1 Stunde. Zusammen also 6 Stunden für 100 Kilometer. Und 100 geteilt durch 6 ist 16⅔.

Falls die Bahn nur einen Kilometer lang ist, gilt dasselbe. In der ersten Runde braucht der Fahrer 6 Minuten, in der zweiten nur 1⅕ Minuten, zusammen 7,2 Minuten für 2 Kilometer.

Die Formel für die Durchschnittsgeschwindigkeit unabhängig von der Länge der Test lautet stets: Länge der Strecke mal zwei, geteilt durch die Gesamtzeit.

43

Mord im Sturm

Sie reckte in den Wind den Bug
und stampfte in der Wogen Flut.

– Couper

Mord im Sturm

»Herein«, stöhnte Professor Fordney. Es hatte mehrmals heftig an seine Kabinentür geklopft. Er schaute auf seine Uhr: halb drei in der Nacht. Vielleicht wollte der Steward sehen, wie er den Orkan überstanden hatte, der in den vergangenen zwei Stunden die S. S. Columbia wie eine Nußschale hin und her geworfen hatte. Die gewaltigen Brecher hatten das Schiff mit solcher Macht erschüttert, daß Fordney bei jedem Angriff Neptuns befürchtet hatte, dies könnte der letzte und endgültige Schlag des Meeresgottes sein. Er war nicht wenig überrascht, als Captain Tyrell die Kabine betrat. Ein Blick genügte, und Fordney wußte, daß es Ärger gegeben hatte.

»Mein Gott, Professor«, keuchte Tyrell. »Jensen, mein erster Offizier, ist ermordet worden. Ich fand seine Leiche vor dem Maschinenraum, als gerade der Orkan losging. Deshalb konnte ich auch nicht früher zu Ihnen kommen. Mußte mich um das Schiff kümmern.«

»Wo ist der Tote jetzt?« fragte Fordney.

»Ich habe ihn gemeinsam mit dem Schiffsarzt in eine nichtbenutzte Kabine gebracht. Den Raum habe ich selbst abgeschlossen, sonst hat niemand einen Schlüssel. Während des Unwetters mußte ich auf der Brücke bleiben. Wären Sie so freundlich und würden mich begleiten?«

»Selbstverständlich, Captain.«

Sie stiegen zur dritten Klasse hinunter, und der Captain öffnete die Tür des schmalen Raums. Auf der unteren der beiden Kojen lag der Leichnam Jensens. Fordney wunderte sich, daß Tyrell ihn nicht einmal mit einem Laken zugedeckt hatte.

»Hat irgendjemand außer Ihnen einen Schlüssel zu dieser Kabine?« fragte er.

»Nein, auf keinen Fall. Deshalb habe ich ihn ja auch *hierhin* gebracht.«

Fordney bemerkte einen Blutfleck auf dem Boden vor der Koje, überlegte einen Moment und sagte dann: »Ich verstehe nicht, Captain, warum Sie mir nicht erzählen, was wirklich passiert ist.«

Warum war Fordney mit der Geschichte des Captains nicht zufrieden?

Mord im Sturm – Die Lösung:

(Zur Lektüre der Lösung bitte einen Spiegel unterhalb dieser Zeilen auf die Seite setzen und leicht nach vorne neigen.)

Laut Tyrells Angaben muß der Tote etwa zwei Stunden in der Koje gelegen haben, denn so lange dauerte der Sturm. Bei der Gewalt des Unwetter aber wäre der Körper bestimmt aus dem Bett gerollt, da er ja in keiner Weise festgeschnallt war. Also gab es noch etwas, das Tyrell dem Professor verheimlichte.

44

Ein seltsamer Verkehrsunfall

Niemals hat jemand einem anderen ein vorsätzliches Unrecht angetan, ohne sich selbst ein viel größeres zuzufügen.

– Henry Home

Ein seltsamer Verkehrsunfall

Dieser Fall war wirklich recht simpel«, berichtete Professor Fordney seinem alten Freund.

»Erzählen Sie mir doch mal, was passiert ist«, bat Sheriff Klondike vom Distrikt Burnside. Er freute sich über jedes Zusammentreffen mit dem berühmten Kriminologen, weil er dabei schon einige wertvolle Tips erhalten hatte.

»Da gibt's nicht viel zu erzählen. Ich fuhr auf der Landstraße Richtung Whitington, als hinter einer Kurve eine kleine Menschenmenge die halbe Fahrbahn blockierte. Ich stieg aus und sah einen Krankenwagen. Dann zeigte ich dem leitenden Polizeibeamten, einem gewissen Berry ...«

»Der alte Berry! Gibt's den auch noch«, entfuhr es Klondike

»... meinen Dienstausweis und fragte ihn, was vorgefallen war. Vor der Ambulanz lag ein Toter, und der Notarzt erklärte mir, daß er an den schweren Schädelverletzungen gestorben war, die er sich beim Sturz von einem Lastwagen zugezogen hatte. Das Fahrzeug stand etwa 30 Meter weiter.

Der Fahrer war ein Farmer namens Clumley, der angab, das Unfallopfer sei sein Schwager Thomas Young. Er habe auf der Ladefläche gestanden und einiges Gemüse in Säcke gefüllt, das sie gerade zu einem Kunden bringen wollten.

Plötzlich sei aus einer Nebenstraße ein anderes Fahrzeug in die Fahrbahn eingeschwenkt, so daß er, Clumley, bei etwa 60 Stundenkilometern zu einer absoluten Notbremsung gezwungen war.«

»Das sind alles Treckerfahrer, hier auf dem Land«, sagte der Sheriff behäbig.

»Dabei habe sein Schwager das Gleichgewicht verloren und sei von der Ladefläche gefallen. Ihr Kollege Berry nahm schon den Unfallbericht auf, doch ich riet ihm dazu, Clumley zu verhaften und eingehender zu verhören.«

»Da hilft kein Verhör, sondern nur massive Verkehrserziehung«, kommentierte Klondike. »Hier fährt ja jeder, wie es ihm gerade einfällt.«

»Sie irren sich, mein Freund«, widersprach ihm Fordney, »hinter dieser Sache steckt eindeutig mehr als ein simpler Verkehrsunfall.«

Worauf stützte sich Fordneys Verdacht?

Ein seltsamer Verkehrsunfall – Die Lösung:

(Zur Lektüre der Lösung bitte einen Spiegel unterhalb dieser Zeilen auf die Seite setzen und leicht nach vorne neigen.)

Youngs Schädelverletzungen müßten eine andere Ursache gehabt haben. Wenn er bei der angeblichen Vollbremsung auf der Ladefläche gestanden hätte, wäre er nach vorn gegen die Fahrerkabine geschleudert worden und nicht auf die Straße gefallen.

45

Erpressung

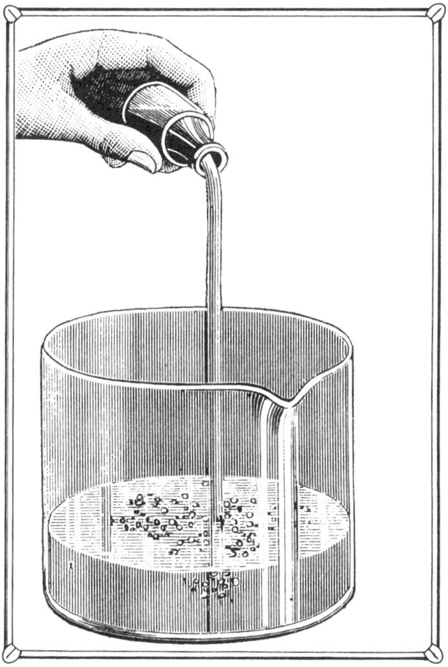

Die Wissenschaft seziert sogar den Tod.

– F. W. Robertson

Erpressung

Professor Fordney saß im Arbeitszimmer des bekannten Chemikers William Blubber.

»... ich arbeite an einer bestimmten Kunststoffmischung«, erzählte der Wissenschaftler gerade. »In den letzten Wochen bekam ich mehrere anonyme Briefe, in denen ich aufgefordert wurde, dem Schreiber meine neue Formel für 100 000 Dollar zu übergeben. Ein geradezu lächerlicher Betrag angesichts der enormen wirtschaftlichen Möglichkeiten. Man drohte mir mit gewissen Maßnahmen gegen mich und meine Familie, falls ich die Polizei einschaltete. Daher habe ich mich auch an Sie gewandt. Ich frage mich, wie die von meinen Arbeiten erfahren haben ...«

»Bitte erzählen Sie mir nun, was genau sich heute abend ereignet hat«, unterbrach ihn Fordney.

»Nun«, begann der Chemiker, »ich kam um etwa vier Uhr nach Hause und nahm meinen Tee. Danach entließ ich meine Haushälterin, die ihre Schwester besuchen wollte, und begab mich ins Labor. Gegen sechs Uhr wurde es dunkel und ich machte Licht. Ich war ganz in meine Arbeit vertieft, als ich etwa gegen elf Uhr das Splittern einer Glasscheibe aus der Richtung der Küche vernahm. Reflexartig drehte ich die Glühbirne über meinem Arbeitsplatz heraus und hielt den Atem an, während sich draußen Schritte näherten. Jemand öffnete leise die Tür und richtete eine Taschenlampe in den Raum. In diesem Augenblick warf ich die Glühbirne zu Boden. Sie explodierte mit einem lauten Knall, den der Einbrecher wohl für einen Schuß hielt, denn er knipste die Taschenlampe aus. Ich warf mich im Dunkeln auf ihn, und im folgenden Handgemenge traf ihn ein Schuß aus seiner eigenen Waffe ...«

»Sind Sie Rechts- oder Linkshänder?« fragte der Kriminologe unvermittelt.

»Wieso?... Ich, eh ...«

»Ist auch egal«, unterbracht ihn Fordney. »Sie können kaum erwarten, daß ich Ihre Geschichte glaube.«

Warum wollte Fordney die Geschichte nicht glauben?

Erpressung – Die Lösung:

(Zur Lektüre der Lösung bitte einen Spiegel unterhalb dieser Zeilen auf die Seite setzen und leicht nach vorne neigen.)

Die Glühbirne hat nach Blubbers eigenen Angaben etwa fünf Stunden gebrannt und muß also kochend heiß gewesen sein. Trotzdem behauptete er, sie herausgeschraubt und in der Hand gehalten zu haben, bis der Eindringling sich über den Flur bis in sein Labor vorgetastet hatte. Oder haben Chemiker vielleicht doch feuerfeste Hände?

46

Der verschollene Millionär

»Seit gut einem Jahr lebe ich jetzt mutterseelenallein auf dieser Insel fernab jeder Zivilisation.«

Der verschollene Millionär

Es war ein sonniger Dienstagmorgen, als Professor Fordney das Büro von Inspector Grant in New York City betrat. Auf Grants Schreibtisch stand ein leicht lädiertes Paket, das der Grund für Fordneys frühen Besuch war.

Während der Inspektor vorsichtig den Inhalt auf dem Tisch ausbreitete, sagte er: »Nun Fordney, erinnern Sie sich noch an die Affaire Burkton?«

»Schwach, Inspector. Ich glaube, es muß so um 1907 gewesen sein. Damals brach der Multimillionär Burkton mit seiner Yacht zu einer Weltreise auf. An Bord des Schiffs sollen sich zehn Millionen Dollar in Gold und Wertpapieren befunden haben. Das Schiff mitsamt Besatzung und Ladung ist verschwunden, und niemand hat je wieder etwas davon gehört.«

»Bravo, Professor«, sagte Grant. »Sie scheinen sich für heute morgen ein bißchen vorbereitet zu haben. In der Tat, drei Monate nach seiner Abreise wurde Burktons Schiff noch einmal in der Südsee gesichtet, und zwar von der S.S. Billings. Das war das letzte Lebenszeichen ... Was haben wir denn da?« rief der Inspector verblüfft. Während ihrer Unterhaltung hatte er eine algenverschmierte Flasche aus dem Paket gehoben und geöffnet. Ein mehrfach gefalteter Brief kam zum Vorschein.

»Dieses Paket wurde mir gestern von einem unserer Leute in Singapur zugestellt. Es hat den Anschein, als ob dieser Brief ein wenig Licht in die Burkton-Affaire bringen könnte. Lesen Sie selbst ...« Und er übergab Fordney das Papier.

Wer immer diesen Brief findet:

Meine Position ist bei ungefähr 18 Grad südlicher Breite und 179 Grad westlicher Länge. Bitte veranlassen Sie, daß diese Position per Funk verbreitet wird! Ich bin der einzige Überlebende der Yacht Burktonian. Etwa vier Monate nach unserer Abreise erlitten wir Schiffbruch. Seit gut einem Jahr lebe ich jetzt mutterseelenallein auf dieser Insel fernab jeder Zivilisation. Es gibt genug Nahrung und frisches Wasser, aber die Einsamkeit läßt mich allmählich verrückt werden. Retten Sie mich! Edward Burkton

Nachdenklich holte der Professor sein Zigarrenetui hervor und bot auch dem Inspector eine Corona an. »Die Position liegt zweifellos bei den Fidschi-Inseln«, sagte er, »und ich weiß, daß es da noch etliche unbewohnte Gebiete gibt. Allerdings stammt die Flaschenpost keinesfalls von diesem mysteriösen Edward Burkton!«

Wie konnte Fordney das wissen?

Der verschollene Millionär – Die Lösung:

(Zur Lektüre der Lösung bitte einen Spiegel unterhalb dieser Zeilen auf die Seite setzen und leicht nach vorne neigen.)

Im Jahre 1908, als die Flaschenpost angeblich abgeschickt wurde, gab es noch keine allgemeine Funkverbindung zwischen Schiffen und Stationen an Land.

47

Geschäftsziel: Mord

Nichts vermag den Kenntnishorizont des Menschen so sehr zu erweitern, wie seine Fähigkeit, systematisch und gründlich all das zu untersuchen, was es im Leben zu beobachten gibt.

– Marcus Aurelius

Geschäftsziel: Mord

Der kometenhafte Aufstieg des Bandenkönigs Don Sullivan nahm ein abruptes Ende, als sein von Kugeln durchsiebter Körper vor der staatlichen Molkerei auf den Bürgersteig plumpste.

Als gnadenloser Killer war er nicht nur bei kleinen Geschäftsleuten gefürchtet, von denen seine Bande Schutzzölle erpreßte, sondern selbst bei seinen Verbündeten. Mit seiner Macht waren auch seine Arroganz und Selbstsucht stetig gewachsen. Doch als er schließlich 75 Prozent aller Gewinne für sich allein beanspruchte, hatten die übrigen Mitglieder seiner Firma beschlossen, ihm die fristlose Kündigung auszusprechen. Die endgültige.

Durch seine guten Kontakte zur Unterwelt hatte Professor Fordney erfahren, daß acht ehemalige Mitarbeiter Sullivans ein Komplott geschmiedet hatten, ihn »zu erledigen«. Namentlich waren dies die Herren: »Bad« Palmer, Toni Moreny, »Dopey« Regent, Alex Wood, Tom Yerger, Willie Hurson, Marty Johnson und Steve Patterson, genannt »der Professor«. Einer von ihnen hatte Sullivan erschossen.

Auf schwierigen Wegen gelang es dem Kriminologen, Stück für Stück folgende Informationen zusammenzutragen:

1. Palmer, Regent und Sullivans Mörder waren erst zuletzt in die Bande eingetreten.
2. Einer der acht war Sullivans geheimer Leibwächter, allerdings wußten Yerger und Johnson, wer das war.
3. In der Nacht vor dem Mord hatten Hurson, Patterson, Palmer und der Leibwächter in einem illegalen Spielkasino große Verluste gemacht.
4. Moreny, der Mörder und Yerger hatten vor einer Woche von Sullivan eine Neuaufteilung des Geschäfts verlangt. Als Sullivan ablehnte, hatten Wood und der spätere Mörder vergeblich versucht, den Leibwächter dazu zu überreden, »die Sache zu erledigen«.
5. Sullivan, Hurson, Patterson und der Mörder waren die Anführer der Verschwörung gegen Sullivan gewesen.

Einige Tage später gelang es der Polizei, die acht während der geheimen Wahl des neuen Geschäftsvorstandes zu überraschen und festzunehmen. Alle acht verweigerten die Aussage, doch anhand seiner Informationen gelang es Fordney, sowohl Sullivans Leibwächter als auch seinen Mörder zu identifizieren.

Wer war der Leibwächter und wer der Mörder?

Geschäftsziel: Mord – Die Lösung:

(Zur Lektüre der Lösung bitte einen Spiegel unterhalb dieser Zeilen auf die Seite setzen und leicht nach vorne neigen.)

Palmer war weder der Mörder (1) noch der Leibwächter (3).

Moreny war weder der Mörder (4) noch der Leibwächter (4).

Regent war nicht der Mörder (1).

Auch Wood war weder der Mörder (4) noch der Leibwächter (4). Das gleiche gilt für Hurson: weder Leibwächter (3) noch Mörder (5).

Johnson war nicht der Leibwächter (2).

Patterson war weder Leibwächter (3) noch der Mörder (5).

Also waren Johnson Sullivans Mörder und Regent sein geheimer Leibwächter. Man mußte nur die unzutreffenden Antworten ausschließen.

48

Blüten im Dezember

Vier feindlich gesonnene Zeitungen muß man mehr fürchten als tausend Bajonette.

– Napoleon

Blüten im Dezember

Professor Fordney saß in der Eingangshalle des Sunset-Hotels in Dallas, Texas, und studierte die Abendausgabe des *Times-Herald.* Der Professor war ein leidenschaftlicher Zeitungsleser. Besonders liebte er die Kleinanzeigen. An diesem Abend fiel ihm folgende Anzeige auf:

Gefunden – um 16 Uhr heute nachmittag im Hauptbahnhof großer brauner Umschlag. Rückgabe nur gg. Beschreibg. des wertvollen Inhalts. Besitzer bitte melden bei H. Birchman, 723 First Avenue.

Der Professor hielt sich in Texas auf, weil ihn der Geheimdienst gebeten hatte, bei der Aufdeckung eines besonders clever arbeitenden Fälscherrings mitzuarbeiten. Im ganzen Land waren falsche 50-Dollar-Scheine aufgetaucht, doch es gab noch nicht den geringsten Hinweis, wie die Bande arbeitete und die Blüten in Umlauf brachte.

Zwei Tage später war Fordney in Louisville, Kentucky. Seine Überraschung war nicht eben gering, als er in der Abendausgabe der *Herald-Post* eine Kleinanzeige mit exakt dem gleichen Text entdeckte wie in Dallas. Allerdings war die Adresse eine andere. Der Professor spürte, daß er einer ganz heißen Sache auf die Spur gekommen war, doch so, ganz auf sich gestellt, konnte er noch nichts unternehmen.

Zwei Tage später hatte er in Boston eine Verabredung mit Drenan Holbrook, seinem Kontaktmann vom Geheimdienst. Am Bahnhof angekommen, kaufte Fordney als erstes die Abendausgabe des *Boston Traveler,* und siehe da: wieder die gleiche Anzeige, diesmal allerdings aufgegeben von einem gewissen W. Fisher, 960 Commonwealth Avenue.

Vor dem Bahnhof stand Holbrooks Wagen, und sie beschlossen, diesem Fisher einmal auf den Zahn zu fühlen. Als sie plötzlich vor seiner Tür standen, war der Mann so überrascht, daß er nicht den geringsten Widerstand leistete. Er übergab ihnen einen großen Packpapierumschlag, der eine beträchtliche Summe in wunderschönen falschen Banknoten enthielt.

»Das Geld gehört mir nicht«, beteuerte Fisher. »Sie haben es ja selbst in der Zeitung gelesen, ich habe den Umschlag nur gefunden!«

»Und zwar im Bahnhof«, knurrte Fordney.

»Ja.«

»Heute nachmittag so gegen vier?«

»Genau.«

»Fisher, Sie sind ein verdammter Lügner, und das werde ich Ihnen beweisen!« war Fordneys Schlußwort.

Was war Fordneys Beweis?

Blüten im Dezember – Die Lösung:

(Zur Lektüre der Lösung bitte einen Spiegel unterhalb dieser Zeilen auf die Seite setzen und leicht nach vorne neigen.)

Der erste Fehler der Bande war, in allen Städten dieselbe Anzeige aufzugeben. Ihr Hauptfehler war jedoch, daß für die Abendausgabe einer Zeitung die Kleinanzeigen spätestens bis Mittag abgegeben sein müssen, so daß ein Fund um 16 Uhr überhaupt nicht mehr berücksichtigt werden kann.

49

Ein nächtlicher Überfall

Es gibt so etwas wie die Last der Dunkelheit.

– Victor Hugo

Ein nächtlicher Überfall

»Hier ist die Stelle, wo sie mich aus dem Auto geworfen haben«, sagte Jonathan Wilde. Die schmale Landstraße war hier kaum mehr als ein Feldweg. Auf ein Zeichen Fordneys hin hielt der Fahrer den Polizeiwagen an, und sie stiegen aus.

»Und Sie haben keinen der Kerle erkennen können, die Sie zuerst in den Wagen gezerrt, dann ausgeraubt und schließlich hier ausgesetzt haben?« fragte Fordney.

»Niemand.«

»Wie spät war es, als man Sie hier aussetzte?« fragte Fordney weiter.

»Ich weiß nicht genau. Sie haben mir ja nicht nur meine Brieftasche mit mehr als 8000 Dollar, sondern auch meine diamantene Krawattennadel und meine Uhr abgenommen. Aber ich schätze, es war so gegen Mitternacht.«

»Und dann?«

»Nun, es regnete, und das einzige, was ich in der öden Finsternis sehen konnte, war ein schwaches Licht in etwa einer halben Meile Entfernung. Während ich darauf zumarschierte, ging das Licht plötzlich aus. Aber da ich einen sehr guten Orientierungssinn habe, ging ich einfach weiter geradeaus und gelangte so direkt zur Hütte von diesem Burden, mit dem Sie ja bestimmt schon gesprochen haben.«

Fordney verglich die Abdrücke in der Erde mit Wildes Schuhen und überzeugte sich, daß sie genau zueinander paßten. Dann folgte er der Spur, die direkt zu Burdens Hütte führte. Die Hütte stand auf einem kleinen Hügel inmitten des ansonsten tischebenen trostlosen Landstrichs. Ihr mürrischer Bewohner bestätigte Wildes Angaben.

Als Fordney zum Polizeiwagen zurückkehrte, machte er ein leicht verdrießliches Gesicht.

»Sagen Sie, Wilde, seit wann kennen Sie diesen Burschen?« fragte er.

»Nun, wie ich schon sagte, seit letzter Nacht«, antwortete Wilde mit fester Stimme.

»Dann haben Sie ja nicht viel Zeit gehabt, sich zusammen diese alberne Geschichte von dem Überfall auszudenken!« sagte Fordney. Wilde erblaßte, als sich die Handschellen um seine Gelenke schlossen.

Woher wußte der Professor, daß Wildes Geschichte erfunden war?

Ein nächtlicher Überfall – Die Lösung:

(Zur Lektüre der Lösung bitte einen Spiegel unterhalb dieser Zeilen auf die Seite setzen und leicht nach vorne neigen.)

Es ist unmöglich, im Dunkeln in direkter Linie geradeaus zu gehen. Versuchen Sie es!

50

Tragödie unter Tage

Selbstverteidigung ist eine Tugend,
das einzige Bollwerk allen Rechts.

– Byron

Tragödie unter Tage

Der Grubenaufzug beförderte Professor Fordney tief unter die Erdoberfläche. Er hatte den Tod von Jack Rodolski zu untersuchen, den ein gewisser Bill Nelson in – wie er behauptete – Notwehr erschossen hatte.

Nach einem längeren Marsch durch die spärlich beleuchteten Gänge gelangte Fordney zum Schauplatz des Unglücks. Der Körper des Toten lag noch so, wie er gefallen war. Sein Kopf wies einen glatten Durchschuß auf. Neben seinen Füßen lag ein Stilett, dessen scharfe Klinge tückisch blitzte, als das Licht der Grubenlampe darauffiel. Auf dem Gesicht Rodolskis mischten sich Blut und Kohlenstaub zu einer gräßlichen Totenbemalung. Seine Bergmannskappe saß ihm immer noch fest auf dem Kopf.

Am nächsten Tag hörte sich Fordney Nelsons Version der Ereignisse an.

»Ich schwöre Ihnen, Professor, er wollte mich umbringen«, beteuerte Nelson. »Glauben Sie, ich hätte ihn umgebracht, wenn es nicht reine Notwehr gewesen wäre? Mein Gott, wir haben seit zehn Jahren zusammengearbeitet! Aber als er mit dem Messer auf mich losging, hatte ich einfach keine andere Wahl ...«

»Wieso hatten Sie überhaupt einen Revolver bei sich?« fragte Fordney.

»Weil er mich schon seit Tagen bedrohte und ich ziemliche Angst vor ihm hatte.«

»Weshalb hatten Sie sich denn gestritten?«

»Wegen – einer Frau«, antwortete Nelson zögernd.

»Bitte begleiten Sie mich in die Gerichtsmedizin«, sagte Fordney und öffnete die Tür. Als sie den Untersuchungsraum betraten, zupfte Dr. Lyman gerade einige Fasern von Rodolskis Mütze aus der etwa drei Finger über der Wirbelsäule liegenden Schußwunde. Sein Assistent Walsh betrat den Raum.

»Ich habe Sie schon gesucht, Professor«, sagte er. »Die Fingerabdrücke auf dem Stilett stammen zweifelsfrei von Rodolski. Allerdings ist von der Spitze der Klinge ein winziger Splitter abgebrochen, und wir wissen noch nicht ...«

»Vielen Dank, Walsh. Das paßt genau in meine Vorstellung davon, wie der Mord stattgefunden hat.«

»Mord?« kreischte Nelson erregt.

»Genau!« sagte Fordney unbeirrt. »Von Notwehr kann gar nicht die Rede sein.«

Wie kam der Professor darauf?

Tragödie unter Tage – Die Lösung:

(Zur Lektüre der Lösung bitte einen Spiegel unterhalb dieser Zeilen auf die Seite setzen und leicht nach vorne neigen.)

Wenn das Einschußloch am Hinterkopf liegt (die Stoffasern!), dann wurde Rodolski von hinten erschossen. Also kann er sich in diesem Augenblick nicht mit dem Messer auf Nelson gestürzt haben. Also gab es auch keine Notwehr.

51

Herrenmode brandaktuell

Das handgreiflichste aller sichtbaren
Geheimnisse – das Feuer.
– Leigh Hunt

Herrenmode brandaktuell

Professor Fordney?«

»Am Apparat.«

»Hier spricht Hollander. Ich bin Mitinhaber der Hollander & Woods Versicherung und möchte Sie bitten, für uns eine Untersuchung durchzuführen.«

»Worum handelt es sich?«

»Vor einigen Monaten hat die Rutherford Manufacturing Company bei uns eine recht hohe Feuerversicherung abgeschlossen. Gestern nun meldete sie bei uns die Erstattung eines erheblichen Schadens an. Ein ganzes Warenlager mit Herrenanzügen ist ausgebrannt. Ich habe keine Beweise, aber die ganze Sache gefällt mir nicht!«

»Ich werde mich um den Fall kümmern«, versprach Fordney.

Am folgenden Morgen sprach er bei Mr. Gadsen, dem Geschäftsführer der Rutherford Manufacturing Company vor. Gadsen führte ihn in die Halle, wo die Anzüge gelagert gewesen waren. Aufmerksam stocherte Fordney in den verkohlten Stoffresten herum nach einem Anhaltspunkt für eine etwaige Brandstiftung. Es war nicht zu übersehen, daß Gadsen die Bemühungen Fordneys mit beträchtlicher Nervosität verfolgte.

Außer einigen ausgeglühten und verbogenen Regalskeletten enthielt die Halle nichts als Asche. Was noch wie ein zusammenhängender Fetzen Tuchs aussah, zerfiel bei näherer Berührung.

»Sic transit gloria mundi«, murmelte Fordney bei sich.

»Wie bitte?« stammelte Gadsen verwirrt.

»Oh, nichts. Es ist in der Tat nicht zu übersehen, daß es hier gewaltig gebrannt hat«, sagte Fordney und reichte dem Geschäftsführer zum Abschied die Hand. Spürbar erleichtert versicherte der Fordney seiner vollsten Unterstützung, falls er noch weitere Fragen habe.

Gemütlich ließ sich Fordney in dem bequemen Besuchersessel in Hollanders Büro nieder.

»Würde es Sie sehr enttäuschen, wenn ich Ihnen sage, daß ich nichts gefunden habe, was auf eine Brandstiftung hindeuten könnte?« fragte er gutgelaunt.

»Wieso ... eh ... ja ...« Hollander war enttäuscht.

»Trotzdem brauchen Sie nichts zu bezahlen«, kicherte der Professor. »Was ich *nicht* gefunden habe, spricht dafür, daß hier ein Betrug versucht wurde!«

Was fehlte?

Herrenmode brandaktuell – Die Lösung:

(Zur Lektüre der Lösung bitte einen Spiegel unterhalb dieser Zeilen auf die Seite setzen und leicht nach vorne neigen.)

Fordney hatte in der Asche keinerlei Reste von Knöpfen gefunden, so daß dort keineswegs Anzüge gelagert gewesen sein konnten. Offenbar hatte der dort gelagerte Stoff Feuer gefangen, und Gadsen hatte versucht, aus diesem Unfall Kapital zu schlagen und einen Verlust von Tausenden von Anzügen reklamiert.

52

Unter Schotten

Den Weisen lehrt die Vernunft.

– Cicero

Unter Schotten

Professor Fordney saß mit seinem Gastgeber Murry MacDonald, dem Chief Constable von Edinburgh, in dessen gemütlichem Kaminzimmer und rauchte eine letzte abendliche Pfeife. Gemeinsam hatten sie die internationale Tagung der Polizeidirektoren besucht. Nun plauderten sie noch ein wenig über einige ganz besonders verzwickte Fälle, die sie in letzter Zeit zu lösen hatten. Da schellte das Telefon. MacDonald hörte einen Augenblick schweigend zu, gab einige knappe Anweisungen und wandte sich dann an Fordney.

»Haben Sie Lust, mir bei einem neuen Fall zu helfen?« fragte er, und seine stahlblauen Augen blitzten. »Lord Marlborough ist heute abend in einer der einsamsten Ecken des Moors ermordet worden. Wir sollten uns den Tatort gleich einmal anschauen!«

Bei der routinemäßigen Durchsuchung der Kleider des Toten kam ein am Vortag abgestempelter Brief zum Vorschein. Der maschinengeschriebene Text war nicht sehr lang:

Übergeben Sie das Geld morgen abend zur selben Zeit an der gleichen Adresse!

Als sie zusammen in der Polizeistation des kleinen Ortes saßen, meinte MacDonald zu Fordney: »Erpressung! Ich kann es einfach nicht glauben! Ich habe ihn immer für einen untadeligen Charakter gehalten. Aber offenbar gibt es da einen dunklen Punkt in seinem Leben.«

»Wir sollten morgen bei Tageslicht das Moor nocheinmal absuchen. Vielleicht finden wir noch einen Hinweis auf seinen möglichen Mörder«, erwiderte Fordney.

Die Untersuchungen am folgenden Tag ergaben drei verschiedene Sätze von Fußspuren: die Spuren des Toten, die leichteren Abdrücke einer Frau und den *linken* Schuhabdruck eines schweren Arbeitsschuhs. Eine Reihe kreisförmiger Spuren gehörte offenbar zur Person mit dem Arbeitsschuh – er hatte ein Holzbein!

»Der Fall sollte nicht sehr schwer zu lösen sein«, sagte MacDonald zuversichtlich. »Wenn ich den Erpresser finde, habe ich auch den Mörder.«

»Da habe ich meine Zweifel, Mac«, erwiderte Fordney. »Ich glaube nicht, daß der Erpresser auch der Mörder ist.«

Warum?

Unter Schotten – Die Lösung:

(Zur Lektüre der Lösung bitte einen Spiegel unterhalb dieser Zeilen auf die Seite setzen und leicht nach vorne neigen.)

Fordneys Zweifel gründeten sich auf folgende Tatsache: Der Erpresserbrief sprach von einer Adresse. Hätte er sein Opfer ins Moor bestellt, hätte der Erpresser eher von Ort oder Stelle gesprochen.

Die späteren Ermittlungen bestätigten die Richtigkeit von Fordneys Annahme. Wieder einmal hatte seine Genauigkeit im Detail den Untersuchungen die richtige Richtung gewiesen.

53

Fordney hilft Sergeant Reynolds

»Als sie sich zu ihm umdrehte, sah sie ihn blutüberströmt am Boden liegen.«

Fordney hilft Sergeant Reynolds

Sergeant Reynolds war verwirrt. Er hatte das unbedingte Gefühl, daß Nellie Franklin mehr von der Ermordung ihres Verlobten wußte, als sie zugegeben hatte.

Beim Verhör hatte sie angegeben, auf ihrem linken Ohr völlig taub zu sein, so daß sie nicht hören konnte, wie Barney Oyster neben ihr tot zusammenbrach. Miss Franklin hatte berichtet, sie hätte am Schreibtisch gesessen und einen Brief geschrieben, während Barney etwa fünf Meter links von ihr stand und aus dem Fenster sah. Als sie sich zu ihm umdrehte, um ihn etwas zu fragen, hätte sie ihn blutüberströmt am Boden liegen sehen.

Den Umstand, daß sie nicht einmal den Schuß gehört hatte, erklärte sie mit der Möglichkeit, daß der Mörder bei seinem Schuß durch das offene Fenster einen Schalldämpfer benutzt hatte. Im übrigen war ihr rechtes Ohr völlig intakt.

Reynolds Mißbehagen war so stark, daß er Professor Fordney aufsuchte, um ihn um Rat zu fragen. Fordney hörte sich den Fall an und sagte dann: »Nun, Reynolds, in der Mordsache kann ich Ihnen im Moment auch nicht weiterhelfen. Aber ich kenne ein sehr gutes Mittel, wie wir herausfinden können, ob Miss Franklin wirklich auf einem Ohr taub ist.«

Reynolds war verblüfft, als ihm Fordney den kleinen Trick verriet.

Was war Fordneys Idee?

Fordney hilft Sergeant Reynolds – Die Lösung:

(Zur Lektüre der Lösung bitte einen Spiegel unterhalb dieser Zeilen auf die Seite setzen und leicht nach vorne neigen.)

Wenn jemand vorgibt, auf einem Ohr taub zu sein, muß man ihm gleichzeitig zwei Sätze zuflüstern, und zwar in jedes Ohr einen anderen. Wenn die betreffende Person tatsächlich mit einem Ohr nichts hören kann, ist es ihr ohne Schwierigkeiten möglich, den in das gesunde Ohr gesprochenen Satz zu wiederholen. Hat sie aber gelogen, so kann sie sich an keinen der beiden Sätze erinnern. Probieren Sie es einmal aus!

54

Der Fall Curry

Er ist mit innerer Unschuld gewappnet.

– Pope

Der Fall Curry

Der einsachtzig große, muskelbepackte Mike Curry gehörte zu den bestaussehenden Männern der Stadtpolizei. Und er war erfolgreich. Vielleicht zu erfolgreich, denn eines schönen Tages wurde er auf offener Straße erschossen. Die Kugel war vom Nacken aus direkt ins Herz gedrungen.

Kaum war der Schuß verhallt, sprang ein auffallend modisch gekleideter junger Mann aus einem nagelneuen Nash Sedan und verschwand in der Menge. Vielleicht war er zu auffällig gewesen, denn die Besatzung des zufällig vorbeifahrenden Streifenwagens 245 stoppte den Straßenkreuzer an der nächsten Ecke und knöpfte sich den Fahrer vor.

»Da hinten ist ein Mann erschossen worden«, fauchte Sergeant Strong, der Streifenführer. »Was wissen Sie davon? Und wer war der Kerl, der da gerade aus Ihrem Wagen getürmt ist?«

»Shorty« Lewis hatte ein reines Gewissen. »Die Antwort auf die erste Frage ist ›Nichts‹, Sergeant, und auf die zweite ›Keine Ahnung‹«, sagte er gedehnt.

Leicht genervt packte Strong den Gangster, schubste ihn in den Streifenwagen und ließ ihn zum Hauptquartier bringen, wo er verhört werden sollte.

Professor Fordney war dabei, als Inspector Kelley den stadtbekannten Spielhöllenbesitzer empfing. »Shorty« weigerte sich weiterhin standhaft, die Identität seines publicityscheuen Kollegen zu enthüllen. Inzwischen lag auch ein erster Bericht von Sergeant Strong vor. Fordney reichte dem Ganoven eine Zigarette und beobachtete ihn sorgfältig, während er sie mit einem brilliantenbesetzten Feuerzeug anzündete.

»Ich schätze, Kelley, Sie müssen Lewis wegen einer anderen Sache festnageln«, sagte Fordney schließlich. »Ich bin sicher, daß weder er noch sein Freund auf Curry geschossen haben.«

Wie war Fordney zu dieser Einschätzung gelangt?

Der Fall Curry – Die Lösung:

(Zur Lektüre der Lösung bitte einen Spiegel unterhalb dieser Zeilen auf die Seite setzen und leicht nach vorne neigen.)

Der Professor hielt es für unmöglich, daß aus einem Straßenkreuzer heraus einem 1,80 Meter großen Mann in den Nacken geschossen werden kann, so daß die Kugel von dort abwärts ins Herz dringt.

55

Die Geister der Vergangenheit

Durchdrungen von der Heiligkeit der Vernunft.

– Milton

Die Geister der Vergangenheit

Ich habe nicht die geringste Ahnung, wie ich den Kerl finden soll, der das geschrieben hat.« Privatdetektiv Hawkeye Pierce schüttelte den Kopf. »Mr. Burshel hat mir heute morgen diesen Brief übergeben und verlangt, die Angelegenheit mit äußerster Diskretion zu verfolgen. Er ist bereit, die verlangte Summe zu zahlen, und will die Polizei draußen halten.«

Er reichte dem Professor den auf feinem, schweren Papier getippten Brief, und Fordney las:

Burshel!
Ich weiß, daß Sie vor zwanzig Jahren wegen Diebstahl im Knast gesessen haben. Ich werde diese Tatsache Ihren ehrenwerten Geschäftspartnern bekanntmachen, wenn Sie meine Anweisungen nicht befolgen: Ich möchte 100 000 in kleinen Scheinen, versteht sich. Kommen Sie heute abend Punkt acht Uhr in die Eingangshalle des Hotel Lilton, und übergeben Sie mir dort das Geld! Ich werde einen hellgrauen Hut, einen langen schwarzen Mantel und schwarze Schuhe tragen. Über dem Arm habe ich einen Schirm mit dem Buchstaben A darauf. – O ja, ich weiß, was es für Erpressung gibt. Aber ich hoffe nicht, daß Sie die Polizei informieren, denn dann können Sie morgen früh Ihren Namen auf sämtlichen Titelseiten lesen.
Seien Sie bitte pünktlich! Beste Grüße, A.

Fordney gab Pierce den Brief zurück. »Natürlich ist Burshel vor Jahren mal ausgerutscht«, fuhr der Detektiv fort. »Aber seit der Zeit ist seine Weste blütenrein. Und jetzt, wo er zu Geld gekommen ist, will ihn dieser Schakal zu Tode hetzen. Ich bin ziemlich sicher, daß dahinter derselbe Kerl steckt wie im Erpressungsfall Smith vor zwei Wochen. Was meinen Sie, Professor?«

»Tja, mein Lieber, darf ich noch mal den Umschlag des Briefes sehen? Es könnte gut sein, daß Ihre Überlegungen schon im Ansatz falsch sind.«

Was meinte Fordney damit?

Die Geister der Vergangenheit – Die Lösung:

(Zur Lektüre der Lösung bitte einen Spiegel unterhalb dieser Zeilen auf die Seite setzen und leicht nach vorne neigen.)

Der Professor zielte auf die Vermutung des Detektivs, der Schreiber des Briefs sei ein Mann gewesen. Natürlich konnte er genauso gut von einer Frau getippt worden sein.

56

Mord in der Papierfabrik

Ein bißchen Nachlässigkeit kann große Unannehmlichkeiten bewirken.

– B. Franklin

Mord in der Papierfabrik

Die Behörden hatten Professor Fordney in einem besonders aufsehenerregenden Fall um Hilfe gebeten. In einer Papierfabrik war die achtzehn Jahre alte Linda Jackson ermordet worden. Man hatte ihr direkt ins Herz gestochen.

Der Besitzer des Werks, ein gewisser Frank Fox, war nicht dabei, als Professor Fordney die Blutflecken auf dem Boden des einzigen Aufzugs untersuchte.

»Was wissen Sie von der Sache?« fragte er den Nachtwächter William Washington.

»Nun, Sir«, räusperte sich Washington, »gestern abend war um 19 Uhr Feierabend. Etwa eine halbe Stunde später, als alle schon gegangen waren, kam ich an Mr. Fox' Büro vorbei. Da hörte ich einen Schrei. Die Tür stand einen Spalt auf, und ich sah ganz deutlich, wie Mr. Fox der armen Linda das Messer ins Herz jagte.«

»Warum haben Sie da nicht die Polizei gerufen?« wollte Fordney wissen.

»Wissen Sie, Sir, ich bin nicht mehr der Jüngste, und mein Arbeitsplatz hier ...«

»Ich verstehe. Bitte fahren Sie fort.«

»Nun, Sir«, sagte der Nachtwächter, »etwa zwei Stunden später kam ich auf meiner Runde wieder durch diesen Flur, und da sah ich, wie Mr. Fox dasaß und wie ein Verrückter auf die Leiche starrte. Ich hatte richtige Angst vor ihm. Dann entdeckte er mich und befahl mir, ihm zu helfen, das arme Mädchen in den Aufzug zu tragen. Er hielt das Mädchen fest, während wir ins Erdgeschoß herunterfuhren. Dann mußte ich mit ihm das Mädchen bis hinter den Parkplatz tragen, wo sie dann später gefunden wurde. Mr. Fox sagte mir, ich dürfte mit niemand darüber sprechen, sonst wäre ich meinen Job los. Und ich habe fünf Kinder zu versorgen ...«

»Das mag ja sein, Mr. Washington«, unterbrach Fordney scharf. »Aber ich verstehe nicht, weshalb Sie versuchen, Mr. Fox in diese Sache hineinzuziehen. Ihre Geschichte ist einfach erlogen.«

Woher wußte Fordney, daß der Nachtwächter die Unwahrheit sagte?

Mord in der Papierfabrik – Die Lösung:

(Zur Lektüre der Lösung bitte einen Spiegel unterhalb dieser Zeilen auf die Seite setzen und leicht nach vorne neigen.)

Weil das Herz stillsteht, hört eine Leiche schon nach wenigen Minuten auf zu bluten. Aber im Aufzug hatte Fordney Blutspuren entdeckt. Angeblich hatten Washington und sein Chef aber den Aufzug erst zwei Stunden nach dem Mord benutzt. Die Geschichte konnte also so nicht stimmen.

57

Das Spukhaus

Häuser sind wie die Menschen, die darin wohnen.

– Victor Hugo

Das Spukhaus

Wer wohnt eigentlich in diesem prachtvollen weißen Landhaus unten am Fluß?« erkundigte sich Professor Fordney. Sein Gesprächspartner war der Wirt des kleinen Gasthofs, in dem Fordney Quartier bezogen hatte.

»Niemand, Sir«, erklärte der rundliche Fred Hatfield und stellte seinem Gast ein neues Glas Ale auf den Tresen. »Seit dem Mord an Mr. Lowbray vor fast acht Jahren ist das Haus unbewohnt.« Er deutete zu einem kleinen Tisch neben dem Eingang. »Da drüben sitzt Biddle, der kann Ihnen mehr darüber erzählen. Er war früher Lowbrays Hausmeister.«

Während sich Hatfield um die anderen Gäste kümmerte, schlenderte der Professor zu seinem neuen Gesprächspartner herüber. Beim zweiten Bier, das ihm Fordney spendierte, war das Eis gebrochen.

»Wissen Sie, Sir«, flüsterte Biddle und vergewisserte sich, daß niemand hinter ihm stand, »in dem Haus spukt es, und selbst bei hellem Tageslicht traut sich niemand rein. Jeder hier im Dorf weiß das. Ist eigentlich 'ne Schande, daß das schöne Haus seit Jahren verfällt.«

Endlich verabschiedete sich Fordney von seinem gesprächsbereiten Informanten. Nach dem sehr zufriedenstellenden Abendessen saß er noch eine Weile vor dem

Kamin und überlegte. In der Gegend hatten sich etliche äußerst verwegene Einbrüche ereignet, bei denen stets nur die wertvollsten Schmuckstücke verschwunden waren. Der Professor war sicher, daß der oder die Täter irgendwo einen festen Schlupfwinkel haben mußten. Die Geschichte von dem angeblichen Spukhaus hatte ihn hellhörig gemacht.

Als die große Standuhr in der Halle elfmal schlug, nahm Fordney seinen Umhang und machte sich auf den Weg. Die Dorfstraße lag verlassen da, und der aufkommende Nebel dämpfte das Licht der wenigen Straßenlaternen. Mit größter Vorsicht näherte sich der Professor dem weißen Anwesen und schlich einmal rund um das Gebäude.

Eine schwere Seitentür, wohl der ehemalige Kücheneingang, weckte sein Interesse. Obwohl er es gehofft hatte, war er doch ein bißchen überrascht, als die Tür seinem Druck nachgab und sich geräuschlos öffnete. Behutsam tastete sich Fordney voran, blieb dann stehen und lauschte einen Moment lang, bevor er seine Taschenlampe anknipste. Er wußte jetzt, daß das Haus seit Lowbrays Tod nicht völlig ungenutzt geblieben war. Sollte er seinen Mann hier finden?

Das Gespenst schien den Eindringling nicht bemerkt zu haben. Auf Zehenspitzen schlich Fordney durch die Eingangshalle. Lautlos öffnete er eine Tür zu seiner Rechten, zog den Revolver und duckte sich zur Seite. Die Vorsichtsmaßnahme war überflüssig. Vor ihm auf einer Couch lag der Mann, den er suchte, und schlief. Die Jagd war vorbei.

Woher wußte Fordney, daß trotz des Geredes der Dorfleute das Haus von jemand benutzt wurde?

Das Spukhaus – Die Lösung:

(Zur Lektüre der Lösung bitte einen Spiegel unterhalb dieser Zeilen auf die Seite setzen und leicht nach vorne neigen.)

Als sich die schwere Seitentür geräuschlos öffnete, wußte Fordney, daß sie nicht seit acht Jahren unbenutzt gewesen sein konnte. Als auch die Tür im Hausinnern keinen Laut machte, ging er davon aus, dahinter den gesuchten Mann zu finden.

58

Lebende Zielscheiben

Vorsätzlicher Verrat verlangt die Bestrafung des Verräters. Es gibt keine Möglichkeit, ihr zu entkommen.

– Junius

Lebende Zielscheiben

Zusammen mit den Kollegen vom Morddezernat jagte Professor Fordney im Polizeiwagen in Richtung des Schießstandes, der sechs Meilen vor der Stadt lag.

Polizeiarzt Lyman machte sich sofort ans Werk. Er untersuchte kurz den leblosen Körper von Nels Harris und sagte dann: »Jeder der beiden Schüsse hätte ihn sofort getötet.«

Fordney kniete neben dem zweiten Mordopfer. Ben Ricker hatte eine Schußwunde am Kopf und eine über dem Herzen. »Für den hier können Sie auch nichts mehr tun, Doktor«, sagte er grimmig.

Ihr einziger Zeuge war Steve Brown. Da Fordney stets an möglichst frischen Aussagen interessiert war, begann er schon während der Rückfahrt mit dem Verhör.

Harris, Ricker und Brown hatten sich zu Schießübungen verabredet. Die beiden anderen waren schon auf der Bahn, als Brown auftauchte. Als er näher kam, bemerkte er, daß ihre Unterhaltung ein heftiger Streit war. Schon seit Tagen ging es um irgendwelche Spielschulden, die der eine dem anderen nicht zahlen wollte.

»Offenbar merkten sie gar nicht, daß ich schon da war«, sagte Brown. Der Tod seiner beiden Freunde hatte ihn sichtlich mitgenommen. »Plötzlich – es war furchtbar – hoben beide ihre Waffen und schossen aufeinander. Es war wie bei einem Duell. Ich rannte los. Doch als ich bei ihnen war, waren sie schon tot.«

»Waren beide Rechtshänder?« fragte Fordney interessiert.

»Harris ja, Ricker ... ich weiß es nicht«, stotterte Brown.

»Hmmm«, brummte Fordney und lehnte sich in die Polster zurück. Es schien, als hätte er das Interesse an der Sache verloren. Doch seine Gedanken waren eindeutig. Wenn Brown diese Geschichte dem Inspector erzählte, würde er sicherlich einige unangenehme Fragen zu beantworten haben.

Weshalb hielt Fordney Brown für den Mörder?

Lebende Zielscheiben – Die Lösung:

(Zur Lektüre der Lösung bitte einen Spiegel unterhalb dieser Zeilen auf die Seite setzen und leicht nach vorne neigen.)

Jeder der beiden Toten wies zwei Schußverletzungen auf, die beide sofort tödlich sind. Sie konnten sich also gar nicht gegenseitig umgebracht haben. Der Mörder hatte seine Sache zu gründlich gemacht.

59

Neues aus dem Hörsaal

Beschuldigt nicht die Natur, sie hat nur ihren Teil getan.

– Milton

Neues aus dem Hörsaal

»Meine Damen und Herren«, sagte Professor Fordney. »Ich möchte Ihnen Inspector Kelley vorstellen. Er gehört noch zur sogenannten ›alten Schule‹, zu der auch ich mich bekenne, obwohl ja die Wissenschaft durchaus beträchtliche Fortschritte bei der Verbrechensbekämpfung gemacht hat.

Bevor er Ihnen von seiner Lösung eines verwirrenden Mordfalls erzählt, möchte ich eine kleine Anekdote zum Besten geben.

Im vergangenen Oktober unternahmen der Inspector und ich einen Jagdausflug in der Nähe der kanadischen Grenze. Eines schönen Morgens waren wir besonders früh auf den Beinen. Wir waren noch keine halbe Stunde gegangen, als wir am Himmel eine Schar von Wildgänsen in ihrer typischen V-Formation entdeckten, offenbar auf dem Weg nach Süden. Sie kamen genau auf uns zu.

Nun ist der Inspector stolz darauf, ein besonders guter Schütze zu sein. Während der Leitvogel seinen Platz an der Spitze des Zugs verließ, sich umdrehte und ans Ende des Zugs flog, riß der Inspector das Gewehr von der Schulter und rief mir zu: ›Ich wette zehn Dollar, daß ich wenigstens *drei* Vögel mit *einem* Schuß erwische!‹

Ich nahm die Wette an, und was soll ich Ihnen sagen: Es gelang! Was für ein denkwürdiger Schuß! Doch die Pointe der ganzen Sache ist, daß wir keinen der drei abgestürzten Vögel finden konnten. Sie hätten das Gesicht des Inspectors sehen sollen. Technisch gesehen hatte er zwar die Wette gewonnen, doch es fehlten die *Beweisstücke.*«

»Entschuldige, Joe«, unterbracht ihn Kelley. »Ich hoffe doch sehr, daß deine Studenten so klug sind und sich von dir nicht diesen Bären aufbinden lassen.«

Welchen Bären meinte er?

Neues aus dem Hörsaal – Die Lösung:

(Zur Lektüre der Lösung bitte einen Spiegel unterhalb dieser Zeilen auf die Seite setzen und leicht nach vorne neigen.)

Wenn Zugvögel wie die Wildgänse ihre Position wechseln, wenn also das Tier von der Spitze ans Ende des Zugs wandert, dann dreht es sich dabei nicht um und fliegt zurück! Vielmehr schert es aus, wird langsamer und läßt sich von den anderen überholen. Die Tiere wechseln sich übrigens in der Führung ab, weil der Vogel an der Spitze gegen den größten Luftwiderstand anzukämpfen hat.

60

Ein Fischzug mit tödlichem Ausgang

... ihr alle schier
habet nur geschlummert hier
und geschaut in Nachtgesichten
eures eignen Hirnes Dichten.

– *Shakespeare*

Ein Fischzug mit tödlichem Ausgang

Mit scharfem Knall schloß sich die Zellentür hinter Professor Fordney, und er war mit dem Häftling allein. »Nun?« fragte Fordney.

»Ich habe Ihnen doch meine Geschichte schon dreimal erzählt«, maulte Luke Degan feindselig.

»Dann erzählen Sie sie mir eben ein viertes Mal«, entgegnete Fordney ruhig.

»Wenn's unbedingt sein muß ... Also: Ich habe 'nen Tip bekommen, daß Harry Anderson gestern abend 'nen Fischzug vorhatte ...«

»Einen Überfall, meinen Sie«, unterbracht ihn Fordney.

»Sag ich doch. – Und weil ich selber 'n bißchen Kies brauchte, hab ich vor dem Haus auf ihn gewartet, wo er sich 'ne kleine Wohnung genommen hatte. Ich wußte ja, daß er irgendwann zurückkommen würde.

So gegen halb drei in der Nacht kam er dann, und ich schlich mich leise hinter ihm her bis zu seinem Apartment im dritten Stock. Der Flur war dunkel, und er hat nichts gemerkt. Ich hörte, wie er das Licht anknipste und die Tür von innen verschloß. Dann hab ich durchs Schlüsselloch gekuckt, um zu sehen, wo er die Knete versteckte, aber der Schlüssel steckte so, daß ich absolut nichts sehen konnte.« –

»Sind Sie sicher, daß er das Licht anmachte?« fragte Fordney.

»Na klar, hab's doch unter der Tür durchscheinen sehen.«

»In Ordnung. Fahren Sie fort.«

»Also: Ich hab noch etwa 'ne Stunde im Gang gewartet, ob Anderson wieder rauskam. Dann hörte ich in seinem Zimmer 'nen Schuß und bin getürmt. Leider bin ich draußen diesem McGurk in die Arme gelaufen, der mich verhaftet hat. Aber ich schwöre Ihnen, ich hab mit dem Schuß nichts zu tun. Vielleicht hat er sich selbst erschossen, vielleicht war's auch jemand anders, der sich in seinem Zimmer versteckt hat. Ehrenwort!«

Fordney zeigte Degan den blutverschmierten Schlüssel zu Andersons Apartment und sagte kopfschüttelnd: »Eine schwache Geschichte, Luke, – wirklich sehr schwach.«

Warum hielt der Professor den Gangster für einen Lügner?

Ein Fischzug mit tödlichem Ausgang – Die Lösung:

(Zur Lektüre der Lösung bitte einen Spiegel unterhalb dieser Zeilen auf die Seite setzen und leicht nach vorne neigen.)

Selbst wenn ein Schlüssel im Schloß steckt, kann man zumindest erkennen, ob hinter der Tür das Licht brennt oder nicht. Dafür brauchte Degan sich nicht auf den Spalt unter der Tür zu berufen.

Band 1134

Edmund Crispin

Liebe stirbt zuerst

279 Seiten

ISBN 3-8321-8312-4

Am Vorabend des Schulfestes von Castrevenford School verschwindet die Hauptdarstellerin der Theateraufführung. Gervase Fen, Englischprofessor und Gelegenheitsdetektiv, ist während der Feierlichkeiten als Ehrengast dabei, um die Preise an die Schüler zu überreichen – auf diese Weise ist er ganz in der Nähe der sich überschlagenden Ereignisse. Mord steht ganz offensichtlich auf dem Spielplan, aber wer steckt dahinter und aus welchem Grund? Ein Unfall im Nachbardorf scheint zwar nichts mit den Vorfällen zu tun zu haben, bringt Gervase Fen aber ins Grübeln. Und darin ist er ziemlich gut.

Band 1135

Earl Biggers

Der chinesische Papagei

Charlie Chans zweiter Fall

315 Seiten

ISBN 3-8321-8332-9

Die kalifornische Wüste ist Schauplatz des zweiten Krimiklassikers von Earl Biggers: Honolulus chinesischer Detektiv Charlie Chan soll einen gewaltigen Deal absichern, der ihm bald merkwürdig erscheint. Um sich aus ihrer finanziellen Schieflage zu befreien, will Alice Phillmore-Jordan dem Finanzmogul P. J. Madden ihre Perlen-Erbstücke verkaufen. Nun muss die teure Fracht noch von Hawaii auf Maddens kalifornische Ranch gebracht werden. Der gewitzte Charlie Chan lässt sich als Maddens Koch anstellen – und stößt in dessen Anwesen auf einen Papagei, der Szenen eines Mordes vor sich hinkrächzt.